青姨

薛志毅 著

远方出版社

图书在版编目(CIP)数据

青姨／薛志毅著. －－呼和浩特：远方出版社，2022.3
 ISBN 978－7－5555－1673－6

Ⅰ.①青… Ⅱ.①薛… Ⅲ.①长篇小说－中国－当代 Ⅳ.①I247.5

中国版本图书馆 CIP 数据核字(2022)第 031798 号

青姨
QING YI

著　　者	薛志毅
责任编辑	蔺　洁
封面设计	星翰书装
出版发行	远方出版社
社　　址	呼和浩特市乌兰察布东路 666 号　邮编 010010
电　　话	(0471)2236473 总编室　2236460 发行部
经　　销	新华书店
印　　刷	内蒙古爱信达教育印务有限责任公司
开　　本	850 毫米×1168 毫米　1/32
字　　数	100 千
印　　张	5
版　　次	2022 年 3 月第 1 版
印　　次	2022 年 6 月第 1 次印刷
标准书号	ISBN 978－7－5555－1673－6
定　　价	37.00 元

如发现印装质量问题,请与出版社联系调换

人生之路必蹉跎(代序)

毕 琴

著名作家余华在其作品《活着》的自序中写道："一位真正的作家永远只为内心写作，只有内心才会真实地告诉他，他的自私、他的高尚是多么突出。内心让他真实地了解自己，一旦了解了自己也就了解了世界。"

我和薛志毅老师相识相知于网易博客，虽然未曾谋面，但爱文字的人有个共性，那就是彼此欣赏，在浩渺的文字中，感受文学的魅力。相识后在交流的过程中，我了解到老师是陕西省作协会员，中国西飞试验基地的高级工程师，家庭幸福，妻子能干，儿子儿媳优秀，可见是一个充满幸福祥和的大家庭。年初，受老师委托，让我欣赏他的新作——小说《青姨》初稿。接到稿件，我便利用一个多月的时间，断断续续地看完了，读后感慨万千，回味无穷，只有贴近生活、充满真情、思想深刻的作品才是好作品。

这部小说场面宏大，人物众多，故事情节跌宕起伏。小说是以陕西关中文化为背景，展现了关中农村一位农村妇女坎坷且充满戏剧化的一生。青姨的一生，也浓缩了千千万万个中国农村妇女的真实生活。她经历过封建社会的末期、中华人民共和国成立以及改革开放，对于每一个阶段的历史，每一个人物的安排，作者都用艺术的手法、高超的语言，将情节表现得有血有肉，淋漓尽致。可以说，这是一部比较好的现实主义题材的小说。

没有深厚的文化积淀，没有丰富的人生经历和生活阅历，是写不出这样结构复杂、思想丰富、地方文化浓郁、语言细腻且充满乡土气息的小说的。

透过小说情节，我们可以感受到关中文化的博大精深及历史渊源。作者出生在二十世纪五十年代初期陕西关中阎良，是中华人民共和国百废待兴的时期。他自小耳闻目睹了中国从贫穷落后，到发展、崛起的过程。在这样一个特殊时期，作者了解到旧中国包办婚姻带给妇女的苦难，让他善良的内心升腾起一种欲望，此后，用文字来记录这样一位具有代表性的典型人物，成为他一生为之追求的梦想。带着这样一个梦想，他努力学习，完成了小学、初中、高中的学业，并以优异的成绩考入兰州大学，实现了他自小就有的人生理想。同时，他也喜欢上了文学，闲暇之余，阅读了大量中外名著。《红楼梦》《水浒传》《三国演义》《西游记》等经典的中国文学作品，他看过无数次。罗广斌、杨益言合著的《红岩》，霍达的《穆斯林的葬礼》，路遥的《平凡的世界》等优秀作品，他一一品读。《静静的顿河》《母亲》《钢铁是怎样炼成的》《呼啸山庄》等优秀外国书籍也为他提供了不少养分，为他的写作生涯奠定了基础。他的作品获省部级、国家记协奖十余次。有了这些积淀，作者的文学情结化作一道道彩虹，呈现给读者很多优美散文、随笔、小说、古体诗。这些文字记录着他的工作、学习、生活，还有他人生之路上的悲欢离合、酸甜苦辣。透过他的文字，我们可以看到一位胸怀博大、无私奉献、善良正义的高级知识分子的家国情怀。

小说《青姨》共十五个章节，艺术结构、叙述方式、人物描写都很传统。作者笔法老辣娴熟，用心、用情、用灵魂记录了一个女人悲惨的童年、曲折的青年、奋斗的中年以及丰益的老年。小说中每一个字，每一个章节都倾注了作者的灵感、想象和心血，还有实地采风采访的点点滴滴。除了青姨，在众多的人物中，像她的丈夫邻居大叔，发小文林，她的五个女儿春兰、夏莲、秋菊、冬梅、引弟以及两个儿子林峰、林瑜的童年、少年、青年生活，每一个人的人物特点、生活态度、人生境界，对事业的追求，对婚姻家庭生活的责任感都刻画得生动传神，作者对人性的剖析、情感的描写都是那么通透、传神、自然，读后令人耳目一新。可以说这部作品是作者用内心的本真，用一位作家的责任感去写的。

　　青姨的人生可谓五味杂陈，跌宕起伏。人生的大起大落、悲欢离合在她的身上得到充分体现。青姨虽身为大家闺秀，美丽善良，但由于母亲自杀，父亲另娶，命运发生了天翻地覆的变化。二十二岁，她被许给了邻村一个所谓的家庭殷实的富户。就在出嫁的头天晚上，她去见了自小就心仪的文林做最后的告别。第二天，她被大花轿抬到了夫家。当丈夫揭去自己的红盖头时，她万分惊愕，朱红大门变成了泥瓦房，风度翩翩的少年变成了其貌不扬的大叔。她一下子明白了是怎么回事。在那个媒妁之言的年代，只要盖头一盖，即使再抗争也无济于事，你的婚姻、你的人生就这样被无情地安排了。她大哭大闹，但冷冰冰的家，陌生的面孔，没有一个人来安抚她，她感到无助、彷徨、无奈。她是位烈性女子，新婚之夜，她拒绝此人靠近。但命运又是那样的无奈,一个生活在旧时代的弱女子,既然不能和命运抗争,那就只能认命。开始,倔强的青姨一直和衣而眠,她不相信命运,但最终还是屈从于命运。她的丈夫也算是位心地宽厚、勤俭持家的好男人,对她百依百顺,疼爱有加,慢慢地,青姨也就想开了。中华人民共和国成立后,工作组下乡,她意外见到了驻村干部文林。这一相见,已经熄灭的爱情之火又一下被点燃,她从冰冷的生活中又看到了希望。后来,邻居大叔离世,文林犯错误后又回到工作岗位,青姨自己也因祸得福被安排了工作。这一系列的变化,真像是戏剧人生,演绎着人间的浮浮沉沉、悲欢离合。最后,两位跨世纪的老人终成眷属,圆了他们几十年的情缘。但好景不长,报名参军的林峰在战场上牺牲了,文林突发脑溢血不幸离世,让饱经风霜的青姨再次受到了沉重打击。但青姨是经过风霜的傲梅,怎么会轻易倒下。此后她又遇到了小她几岁的武校长。武校长的儒雅、素养,还有学识深深地打动了她,终于,在晚年凄凉的境遇中，她又开始了黄昏恋，增添了《青姨》这部小说的艺术效果。青姨具备中国妇女的美德，勤劳、善良，还有重要的一点，那就是对子女的悉心教育。虽然家境贫寒，但她始终坚信读书的重要性，只因如此，在最困难的时期，她勒紧腰带，省吃俭用，坚持把每个孩子都送进学校读书，让他们接受良好的教育。孩子们也很争气，个个勤奋好学，刻苦努力，五个女儿个个出类拔萃。

小说的结尾引人入胜。已到暮年的青姨步履蹒跚，两鬓斑白，由孩子们陪同着去墓地看望林峰。空旷的四野，黑黝黝的墓碑上，林峰穿一身军装显得英俊潇洒。看着朝思暮想的儿子以这样的方式与自己见面，青姨悲恸欲绝，大哭一场。这一声声哭泣，道尽了青姨一生的酸甜苦辣，真是人生之路必蹉跎啊！

青姨，是一位伟大的母亲，母亲的慈爱，母亲的善良，母亲的坚强，母亲的博爱，在这本书里表现得尤为突出。小说诠释了母爱的高尚，也体现了作者的人生观、价值观。小说情节曲折、故事诱人,值得一读。

最后祝愿薛老师在今后的文学道路上,写出更加精彩的文章。

本文是为序。

第一章

八十多岁的青姨，背有点儿驼了，头发也变成了稀稀疏疏的花白色，脸上有了横七竖八的深深浅浅的皱纹，就像核桃皮似的。一双原本明亮的眼睛变得混浊了，走起路来，拄着拐杖还哼哼叽叽的。

在她的记忆里，最难以抹掉的就是母亲去世。那是在她十二岁那年的初夏，也是日本人在卢沟桥发起事变的年月。地处西北的西安除了城里的军人和学生们有些反映，农村依然是那样的平静。茫茫的塬上一片片小麦已经泛黄，已有农户人开始在川道里的稻田里插秧。他们照样早出晚归，春种秋收。

那天早上天刚蒙蒙亮，外边还是黑咕隆咚的。三十一岁的妈妈已经起来了，同时把青姨也喊了起来。爸爸不在家，妈妈似乎一夜没睡好，白净的脸上眼窝有些浮肿，似乎眼里含着泪。妈妈还是穿着那件青姨最喜欢的阴丹司林色旗袍，尽显苗条的身材。但她觉得妈妈似乎没什么精神，不像平时那样涂脂抹粉，描眉画唇，显得很疲惫。十二岁的她觉得妈妈好像心里有什么事，但她琢磨不透……

妈妈看看她，又看看炕上睡着的她的两个弟弟和一个妹妹，深深地叹了口气，把她悄悄叫到了一边。妈妈从梳头匣子里拿出十三块银圆，郑重地交给她，让她好好保存，并嘱咐她以后要照顾好弟弟、妹妹。虽然她觉得妈妈可能有心事，但她不敢问妈妈怎么了。之后，妈妈便催她出去玩儿。

可是，当她玩儿了一个时辰回来时，妈妈却成了从井下捞上来，已经没气了的僵硬尸体，被搁置在一块冷冰冰的木板上，脸色苍白，没有一点儿气息。看到这情景，她一下子扑在妈妈的身上，拍打着妈妈的身体大哭起来："妈妈，妈妈！你怎么说走就走了呢！你让我们咋活呀！妈妈，妈妈！你回来，你回来……"看到妈妈躺在木板上，弟弟、妹妹也趴在妈妈身上，摇晃着妈妈的身体大哭。在场的人个个泪眼婆娑。爸爸茫然地站在院子里，呆呆地看着这一切。从此，青姨成了没娘的孩子。

这是个中国历史上有名的地方，名叫樊川。在周秦汉唐都很有名气。唐代史书上曾有过"城南韦杜、去天尺五"的记载，就是说在唐代的韦、杜等大家族都在这里居住，这些人都是距天子只有一尺五的近臣。杜甫也曾在这里生活过十三年，他称自己为杜少陵、杜陵老叟，都是以这里的杜陵原为由。正如他的诗中所言："借问此生休问天，杜曲兴有桑麻田。"这里有明代的杜甫杜公祠；而李白、白居易等数十位唐代诗人都曾到访过这里，有过诗篇。樊川在大秦岭和古长安之间，山明水秀，气韵特异，自古就适宜人类居住。

青姨就出生在樊川一个没落的财主家庭。她祖上曾是当地有名的富豪之家，家里有三进三出的院子，雕梁画栋的青砖灰瓦房，在西安城和西域还有多处商铺，家里雇着丫鬟。据说她家主要的收入是从关中到甘肃、青海、内蒙古、新疆等地卖货。去的时候驮的是京广杂货，回来时装的是宁夏的枸杞、羊羔皮，兰州的水烟，新疆的和田玉等。从关中到新疆一路上都有她们自家的店铺，很像现在的物流公司。

按中国封建社会的家规，青姨从四五岁就开始缠脚了。正当她的奶奶决心将她的脚缠成像自己一样的三寸金莲的时候，辛亥革命推翻了封建帝制，建立了中华民国临时政府。政府下令不准妇女缠脚。于是奶奶没办法，只得放开了青姨的缠脚布。于是，青姨的脚比缠过的脚长而大，比没缠过的脚弯曲而小，成了一种不大不小的空前绝后的脚，这就是20世纪前后两个十余年出生的女人们的脚，人称"解放脚"。

青姨十二岁那年，命运发生了巨变。

那事发生在厅房里。这是一座四椽进深，一明两暗，有着四根大立柱的大厅房，中间放着张紫红生漆大方桌和同样颜色的八把椅子，但由于历史太过悠久，桌椅已显出些许衰微破败的意味，紫红的生漆已变得红中泛黑，由于年深月久，椅子的靠背和手梁处已经被磨得油光透亮。

不知是从哪一代立下的规矩,每逢吃饭时,一家几代人坐在一起,自然是辈分分明,长幼有别。家长一边吃饭,一边议事,家里大大小小的事情都是在这饭桌上定的。

据说青姨的二叔拿了家里百十个银圆,在外边吃喝嫖赌,半个月就把钱败光了,也没吱声。而家里管账的青姨的妈妈问了句:"怎么花得这么快?"一下子将二叔问得恼羞成怒。

二叔比她爸小十岁,比妈妈也小六七岁,爸爸平时对弟弟严加管束,二叔说话不敢太放肆,可偏偏那天她爸不在。二叔是被已经过世的爷爷和健在的奶奶从小惯大的,没文化,脾气比较粗暴,满身横肉,一脸络腮胡子,横起来就吹胡子瞪眼地骂人。见嫂子查他的账就火了,骂道:"这都是我爸和我哥挣下的家产,我想怎么花就怎么花。你个外姓人凭啥管我!"

按说叔嫂吵架婆婆应该避开。但二叔是奶奶的心肝,不管他说得是对是错,奶奶都向着他。奶奶帮腔说:"老二能花几个钱,你查啥呢?你再爱钱也不能让娃受亏。他爱干啥就干啥,你守着那么多钱图啥?"

妈妈见婆婆支持老二,气得发抖,就顶了句:"我守什么钱?我省吃俭用的还不是给你家过日子!"

二叔见老妈帮自己说话就更来了精神,当着奶奶的面,走上去扇了嫂子两个耳光,将嫂子掀翻在地,又在嫂子身上踩了两脚后狠狠地骂道:"你那么爱钱,还不如到大街上铺张席片卖去,银圆就哗哗哗地来了!"

见到二叔打妈妈,四个在一旁吃饭的孩子吓得"呜呜"直哭。

妈妈挨了打,又被骂了个狗血淋头。这时如果奶奶或爸爸站出来教训二叔几句,给妈妈撑个腰、长个脸,妈妈或许也就没事了。可奶奶装作没看见,悄悄进了内屋。那天爸爸又偏巧不在,于是就酿成了大祸。

青姨的妈妈出生在当地大户人家,也是娇生惯养、含着金钥匙长大的富家千金小姐,岂能为了这个家受小叔子的欺辱。她心里那个气呀直冲上了天,心想:我嫁到你们家已经十几年了,给你们家连生两男两女四个娃,还管着你们一家人的吃喝拉撒,伺候着家里的老老小小,没有功劳也有苦劳呀。她越想越气,委屈地趴在床上号啕大哭,直哭得如冬风呜咽,似夏风怒吼。这顿饭大家都没吃好,各怀心思散去。

如果自己的丈夫在,还有个替自己撑腰说话的人,而且小叔子也就不敢这样肆无忌惮了。因为丈夫是和她一条心,想着为家里过日子的人。可偏偏他不在,也没人跟她说几句体贴话来化解她心中的闷气。青姨姊妹几个都小,不理解妈妈的委屈,只知道跑到外边玩耍。

青姨的妈妈先在厅房哭了半天,又回小房子坐在炕上哭了许久。家里没人理她,她越想越生气,就跳了井。当人们发现她时,还分明听到她在井底哭,还有救。可是当青姨的爸爸回来后,奶奶却不准他救媳妇,说:"走个穿红的,来个穿绿的,怕什么!"青姨的妈妈就这样在众目睽睽之下闭上了美丽的眼睛。

不久，青姨的爸爸又娶了房媳妇——这就是她的后妈，又生了几个弟妹。中华人民共和国成立前财东家娶媳妇就像剥墙上的泥皮，不高兴了就再换一层……

妈妈丢下了她，还有两个弟弟、一个妹妹，由奶奶负责照管他们成长。父亲将弟弟们送进了中学学堂，却只准她和妹妹读个高小，说："女娃长大了就得嫁人，是泼出去的水，是人家的人，读那么多书干什么！"记得有一次，她站在中学学堂外边，眼巴巴地看着老师教弟弟们读书，她在教室外跟着人家读，可是硬被父亲拉走了。奶奶教她做饭、蒸馍、摊煎饼、炒菜，还有剪衣服、缝衣服。十八岁时，她绣的花、缇的鞋扣子在全村都叫了好。

青姨慢慢长大了，出落成村子里有名的漂亮姑娘，那时她长得高挑而丰满，走起路来婀娜多姿。

1946年，青姨的邻居家有个叫张珩的小伙儿，时年三十二岁，有点儿轻微的唇腭裂，但人很实在，也乐于助人。村里人不叫他的名字，而称他邻居大叔，久而久之，人们忘记了他的名字，邻居大叔便成为他的别名。由于家境贫寒，一晃年龄大了，还未娶妻，他的父亲很着急，四处张罗找媒人。

青姨有个意中人叫文林，两个人在高小时交往过三年，情投意合。但是父亲和继母嫌文林家里穷，不同意他们的婚事。于是她和父母唱起了对台戏，他们说东，她却往西，始终尿不到一个壶里。她东挑西挑便将年龄晃大了。那时候，姑娘结婚的年龄一般都是十六岁到十八岁。日子一晃，青姨已经二十二岁了，在当时就属于不好找婆家的年龄了。当时认为姑娘过了婚嫁的年龄就会贬值，于是家人托媒人将青姨说给了比她大十来岁的邻居大叔。

婆家、娘家两个村中间隔着一条河，平时河里水不大，就像一条小渠，脚一跳就能过去。可是到了汛期，河里的水就开始涨了，波涛汹涌，有近百米宽。河两岸同属一个乡，在中华人民共和国成立前也是一个区。虽然河两岸结亲的人不少，但毕竟隔山不算远，隔河不算近，青姨娘家的父母对婆家村里人并不了解。

按风俗习惯，在订婚前娘家人要背看庄子房和新女婿，要将姑娘嫁个差不多的主，即所谓的将羊觅到有草吃的地方。那天青姨的父母来看房。媒人就指了邻居大叔家隔壁的一座三间青瓦大房给她父母看，院子里还有一树蜡梅花。在旧社会，这种三间青砖瓦房的人家在村里还是不多的，栽花的便更少了。在相看新女婿时，媒人随便在村里拉了个白白净净、端端正正的小伙子，年龄似乎和青姨差不多，看上去很有朝气。

青姨的父母都是老实人，对媒人特别相信，一点儿没怀疑，觉得青姨婆家的房子、院子都不错，关键是对女婿很满意，就一口答应了。

这正应了包办婚姻是口袋买猫的说法，只见猫叫唤，却看不见真猫。青姨就这样上当受骗了。不久，一抬花轿就会将青姨从河对岸抬来。在青姨的心目中，虽然再也找不到像文林那样称心的人了，但只要婆家是厚实殷富之家，丈夫年轻朴实，虽然自己不高兴，但也充满了希望。

日子在平静中一天天过去，本以为可以顺利到她嫁人，没想到，青姨在结婚的前一天晚上还是做出了令父母十分惊诧的决定，她说："妈、爸，我和文林好了一阵，文林对我也很好，我明天就要结婚了，今晚我想去看看文林，向他告个别！"

临结婚，姑娘提出要求，父亲和继母也无话可说，只叮嘱说："你要去就去吧，但要早些回来，时间不能太长。明天一早你就得上轿出嫁呢！"

那天晚上，青姨穿着邻居大叔给她买的大红绣花嫁衣，将文林叫到她俩第一次约会的地方，和文林聊了好长时间，并在文林的惊诧之中表示要将自己的初夜献给文林。文林和她都没有经验，竟激动和惊慌得不知如何是好。

第二天一早，青姨穿上了鲜艳的嫁衣，盖上红彤彤的盖头，坐上了花轿，在吹鼓手的陪伴下，来到了邻居大叔家。三拜九叩十六磕的礼行完，她坐到小房子的炕边上。等到新郎掀去盖头，映入她眼帘的却是两间茅棚，更不可思议的是丈夫不是她想象中面目清俊的小伙，而是个穿了件青色唐装的"兔唇"，那男人张着嘴憨笑着，掩饰不住心中的激动，张开双臂来抱她。青姨心中的憧憬一下子破灭了，放声大哭。

失望、无助、焦灼一股脑向青姨袭来。青姨恨媒婆，恨她毁了自己的幸福。青姨也恨家人，恨他们不仔细看，就将自己推进了火坑。但再怎么恨都没有用，一个没有一点儿依靠的弱女子无法逃脱命运的安排。青姨娘家虽然家底丰厚，但在中华人民共和国成立前五六年就分家了，她父亲爱抽烟耍钱，很快就将划给她家的那份家业抽完了、赌没了。她妈妈去世后，没人给她做主，不然也不会就这样把她嫁给邻居大叔。其实在中华人民共和国成立前，女人的命运基本就是嫁鸡随鸡，嫁狗随狗，姑娘只要一进婆家的门，就如同泼出去的水，再也揽不起来了。

但是再笨的女人也有办法抗拒。她想：既然你骗了我，那么我也叫你受点儿煎熬。她知道她男人结婚的主要目的是为了传宗接代，不然这个三十多岁的家伙还花钱娶媳妇干啥？以后不说，现在我先不让你近身，将你扛上一段时间，让我也出出气。等什么时候我的气顺了，再接纳你也不迟。因此她白天对公公婆婆百依百顺、甜言蜜语，做饭洗衣，样样周到，很受公婆喜爱。公婆常常沾沾自喜，心想：我家祖坟埋得好，不但娶了个大户人家的女娃，而且这女娃礼貌待人、做家务，一样不赖，真是烧了高香了，看来我家的门风要变了。可是到了晚上，她勒紧裤带，和衣而眠，邻居大叔干着急沾不上边。

这种愚昧但也实际的想法伴着她过了一个月。在这三十天里，小两口住在偏房，老两口住在上房，各住各的。邻居大叔不是独子，有个哥哥在抗日战争中牺牲了，留下了孤独凄凉却又俏皮的嫂子和年幼的侄子、侄女。兄弟或哥哥说不出的话可以由嫂子或弟媳来传递，有些话还是被爱管闲事的嫂子说了出来："娶你来干啥呢？不就是伺候男人，生娃做饭吗。一个女人不让自己的男人碰，你不知道自己姓什么吗？"尽管嫂子说的话很难听，但是出身财东家的青姨很是倔强，依旧拒绝邻居大叔靠近自己。邻居大叔只有扛着，默默等待。

邻居大叔虽然心中不悦，但也没办法。他是个老实人，但心中也有自己的主意，心想：再高的秧子，插到稻田里就是稻子。再犟的牛，只要有时间做伴都可以吆到地里。青姨现在是头犟牛，但会成为好妻子的。青姨一天不吃饭，邻居大叔一碗一碗端给她；青姨不下炕，他将洗脸水端过来，甚至连尿盆也给她递上……

那时，社会上不太安宁，青姨结婚后，正赶上这么一段时间。邻居大叔的家人就出主意让他们夫妻躲到没人知道的闲置屋子里待上一段时间，以防万一。一天晚上，在昏暗的月光下，老人们将邻居大叔和青姨送到了闲置的房子里。屋里只有一盘小炕、一床薄被、一盏煤油灯，仅可以供二人休息。家里人到吃饭的时候会给他们将饭送来。

躺在暖烘烘的炕上，邻居大叔对青姨说："这里很安静，也保险，但有一点，就是偶尔有蛇和蝙蝠。"他给她讲起蛇的故事，说有一次他和他爸一起下窖，没有打灯，两个人摸着黑走。突然他感到脚下踏了个软骨蔫蔫的东西，不知是什么，吓得不敢动，就拉住父亲说："我脚下踩住了啥，怎么这么软，还在动呢？"他爸说："瓜娃，快放开，那是神蛇，是管窨子安全的！"他的脚一松，那条蛇"嗖"的不见了……

青姨从没有过这样的体验，又惊又怕。在这个黑暗的屋子里，她一会儿怕有蛇，一会儿怕有蝙蝠，吓得紧紧地贴着邻居大叔的脊背，拉住他的手不敢放开。

突然，青姨的脚下似乎碰到了一个软绵绵的东西，她吓得一下子抱住邻居大叔不放，嘴里还喃喃地说："快，我的脚下有蛇，我好怕呀……"

看到媳妇这样，邻居大叔一下子抱住青姨说："别怕，有我呢。"其实这是邻居大叔设的计，自家的屋子里哪会有蛇和蝙蝠，那"蛇"只是邻居大叔放的一个棉花包，而青姨一踩，他用脚一拨就不见了。

也就是那天晚上，在这间屋子里，在那昏暗的煤油灯下，在同一床被褥下，青姨吓得将邻居大叔搂得紧紧的。邻居大叔结婚两个多月，才真正开始了他的婚姻生活。

青姨在惊吓中默默地被动地承受，心态在颤抖中逐渐变化，慢慢的她觉得这个男人虽然是长得不好看，但人很善良，知冷知热，懂得心疼媳妇，也就变得可爱起来。

此刻她也感到了婚姻的幸福。她终于伸出了双臂，从无奈到接受，从被迫到情愿。

青姨两口子在这里待了一个多月，在这只有一盏昏暗的煤油灯的空间里度过了他们迟来的"蜜月"。虽说不上是幸福美满，但也是恩爱有加。二十二岁的青姨在这里尝到了人生的快乐、婚姻的甜蜜。

第二章

这一个多月里,外边的世界发生了很大的变化,首先是西安解放了。而这时远在西北的"三马",即兰州的马继援、青海的马步芳、宁夏的马步青的军队从西面围过来,想夺回革命果实。

在中央军委的领导下,在牛年的 5 月 20 日西安解放后,山西的十八、十九集团军迅速从韩城越过黄河,归一野建制,使第一野战军不论从质量上还是从数量上都超过了西北的国民党部队。共产党领导的军队在扶眉战役中歼灭了国民党的四个军,虽然胡宗南手下的西安警备司令杨德亮曾在秦岭小五台和解放军顶了一仗,但在解放军的前后夹击下,很快溃逃到了陕南和川中地区。解放后长安政府在韦曲东边的双竹村杜陵塬下专门修了一座纪念小五台战役的纪念碑。西安南郊青姨的故乡樊川也迎来了丰收的喜讯,燕子来了,麦子黄了,鲜花开了,崭新的生活开始了……

这时已经怀孕的青姨和邻居大叔早就回到了家里。就在西安解放那天，青姨的第一个孩子出生了。邻居大叔心里特别高兴，专门请村里的一个老秀才给女儿起名字。老秀才捋着花白的胡须，沉思了一会儿说："这是你的第一个孩子，这孩子有福，生在这个春天，现在好多男孩都叫解放。但你家是个女孩，叫春兰吧，象征着她像春天的兰花，碧绿高雅，长在空谷，仰看青天，鸟瞰大地。"

　　二十四岁的青姨现在成了真正的女人，她心里想："谁要老天将我生成个女人。"

　　麦子绿了又黄，稻子栽了又割，不久村里来了工作组宣传新婚姻法，提倡自由恋爱，反对包办婚姻。不久又开始了土改。就在春兰一岁半时，青姨又生了个姑娘，起名夏莲。现在家里两个孩子、两个大人，每天睁眼油盐酱醋都得来，为了生活，邻居大叔跑起了南山（秦岭的俗称）。

　　跑南山就是去割竹子。这里北去三十多里是西安城，南去三十多里是秦岭山，青姨故乡的男人们农忙时种庄稼，农闲了就跑南山割竹子。将南山的竹子割了担到杜陵塬上的一个村子，那里的人个个都有编筛子的手艺，编成筛子，再卖给西安城里人，挣点儿零花钱养家糊口。邻居大叔跑南山一走就是十天半月，青姨独自一人带着孩子住在邻居大叔为她建起的那三间茅棚里。

　　又是个仲夏之夜，皎洁的月光从窗外洒进窗棂，给炕上洒满了银光,一缕清风透过窗棂吹进房间,给这个简陋的房间送来了凉爽。三岁的春兰和一岁多的夏莲跑了一天都累了,在炕上香甜地睡着。

青姨脱了外衣,只穿着背心和短裤,静静地坐在炕上,在一盏煤油灯下给孩子们缝补衣裳。结婚了,在娘家学会的针线活儿全用上了。爸爸和奶奶不让她上中学,对此,她一直耿耿于怀。但是,奶奶教给她的"十八般武艺",让她在生活中可以应对自如,因此,她心里又是感激奶奶的。针线在她的手里上下穿梭,划过一道道弧线,是那样的优美。她一边缝衣服,一边静静地想着以后的生活。在这个村里,和她年纪相当的媳妇,都是一年一个或两年一个地生娃,好多比她还小几岁的,已经是几个孩子的母亲了,自己也是三年内连生了两个姑娘。虽然邻居大叔大她十来岁,但看样子他是不生出个儿子不罢休,他多次和她说:"媳妇,你至少要给我生两个儿子,那样才像个家。"

就在这时候,院门"咚咚咚"地被人敲响了。

中华人民共和国成立后邻居大叔和老人分开住,老家的房让给了公公婆婆和嫂子一家人。故乡是唐代起的千年稻区,稻草很多,也很便宜,他们就在村子外边盖了三间草棚,围了一个院子。这里距老庄子有百十米远,距河边有二里地,树丛中孤零零地住着青姨她们几户人家。白天还算好,晚上便显得有些冷清。邻居大叔走后,她每天早早地就关起门,更没人来串门。"这是谁呀,怎么不停地敲?"青姨心里嘀咕道。

"谁呀?"青姨问道。

"青姐,我是文林!"

文林是青姨在娘家时的相好,后来听说他上了高中,毕业后选到县上工作了,还娶了个漂亮的县城媳妇,而且早有了儿子。他怎么会在这里?

"文林,你怎么在这里?"

"青姐,我是从县上派到这个村里搞土改的,已经来了几个月了,来看看你。"

"你稍等,我就来。"

其实结婚以后,青姨虽然一直没和文林见过面,但是心里一直没忘记他。她一直想着他,今天他终于来了。

青姨穿着背心和短裤下了炕赶紧去开门。

门"咯吱"一声被打开,月光下高大英俊的文林站在门外。他看见她,显得有些激动又有些羞涩。她看见曾经那么深爱的人今天突然出现在自己的面前,两片云霞浮在脸上,幸亏是晚上,文林没看到。

她温柔地问:"这么晚了,找我有事吗?"

文林镇静了一下说:"好久没见你了,想来看看你和孩子们。"

青姨道:"唉,不死不活的,有啥可看的。既然来了,就进来坐坐吧。"

文林跟着青姨走进屋内,环顾四周,又看看炕上的两个孩子,吃惊地望着她,眼里满含怜悯地问:"青姐,你日子咋过成这样了?当年你结婚时,不是说婆家很富有吗?怎么这么寒酸?"

一句话勾起了青姨的辛酸,五味杂陈一起涌上心头,她便泪眼婆娑地把自己受骗的经过告诉了文林,只听得文林脸上一阵青一阵白。他气愤地告诉青姨:"青姐,你放心,这笔账我记下了,我迟早要让那个害人的媒婆没有好下场。"

青姨摇摇头说:"算了,谁也怪不得。要怪就怪我命薄,怪不得别人,也许这就是我的命吧。"

第三章

20世纪50年代初，樊川一带好多村子还叫堡，用的还是在明代末期前后修起的城墙，也就是土围子还没有挖去。这道土城墙就是老关中一带的特色：一般基础宽三四米，高七八米，每个自然村都有两个或四个堡门，堡门上有简易的砖垒的门楼，有木头做的几寸厚的钉满铁钉的门板，也有显示威严的一对石狮子门墩。这个村是个堡子，有西门和北门，这道城墙在新中国成立后一两年就被挖倒，当作肥料上了地。而堡门则是在后来被破坏的。

樊川还有个碌碡堰，那是清朝光绪年间在潏河和樊川西段的幸驾坡和水磨两个村之间用石头碌碡修的堰口，此堰口彻底解决了潏河的水患，并开启了交河、皂河，分流了潏河的大部分水源，免除了西安西郊的水灾之忧。从此就使那个"打开碌碡堰，淹个长安县"（辛亥革命以前，西安分两县管辖，平原的西边为长安，白鹿、杜陵、神禾三塬的东边为咸宁。1914年民国政府撤销咸宁，将其全划给长安，西安至今只留东县门、咸宁路为纪念）之说成了传说。这也使近代西安遭受水灾之苦的潏水变害为利。到了21世纪的第二个十年，这里已成了西安的大学城、航天基地、高新区，又依原傍水修成了樊川公园，风景独特，气象万千。

青姨的大女儿生在春天，叫春兰，脸面白净、性格柔绵。叫夏莲的二女儿性格俏皮，脑子活泛。两个姑娘仅差一岁半。就在夏莲两岁半大时，青姨生了三女儿。老三生在菊花盛开的时节，所以叫秋菊。

一年半后青姨又生了第四个女儿冬梅，这时候邻居大叔就有点儿不高兴了。他对青姨说："你的肚子怎么这么不争气，就是生不出一个带把的来，以后谁给咱们家顶门立户呢！"

青姨生气地说："你怨我，我还想怨你呢！你说我不争气，我还说你不争气呢！谁都知道女人是土地，男人是种子。种瓜得瓜，种豆得豆，你的种子就是丫头，我能生出儿子来？"

邻居大叔听了，闷了半天没吭声，过了一会儿才说："咱们谁也别怨谁。我听人说生男娃必须换个方法，咱们以后方式也来个变化，说不定就能生个男娃。"

"怎么个变化法，你会吗？"

这一下把邻居大叔给问住。

冬梅才八个月大，邻居大叔就来了劲。几乎每天晚上煤油灯一吹灭，冬梅才开始打瞌睡，邻居大叔的粗胳膊就朝青姨伸了过来。

几个月过后青姨又怀孕了。这一次她的反应和过去四次完全不一样，过去四次怀孕她整天吐得昏天黑地，可是这次只是嗜睡，一天到晚睡不醒。邻居大叔也觉得这次不一般，主动承担了家务，给四个孩子做饭，给冬梅喂奶。为了给冬梅喂奶，他四处找母羊挤奶，然后热了，一勺一勺地给冬梅喂，成了十足的"奶爸"。

再说青姨这次怀孕很特别，前四次怀孕到了四个月才显怀，这次却早了二十天，三个多月就挺起了肚子。大家心里都想着这次肯定是个儿子。

谜底终于在几个月后揭开，当接生婆从屋里走出来时，正在烧红豆稀饭的邻居大叔迎了上去问："我的儿子多少斤，母子平安吧？"

接生婆尴尬地笑了笑说："她叔，你别生气，又是个丫头！"

邻居大叔就像吹圆的气球一下子撒了气，一屁股坐在那里不动了，好大一会儿才吼春兰说："老大，给你妈舀碗稀饭，快送进去！"

出月后报户口时，大家问邻居大叔："老五叫什么名字好？"

邻居大叔瓮声瓮气地说："就叫引弟吧，她生在了1958年，希望她给我们带来个好兆头！"

生娃这件事儿就像一座大山，压得青姨和邻居大叔喘不过气来，没生个男娃，总觉得在人们面前抬不起头。青姨看到村里和邻居大叔一样年龄的人大多都有一两个儿子，有的甚至有三四个儿子。虽然邻居大叔没责备她,但她总觉得身边少了点儿人气。那个年代,家里没有儿子在村里就没势,在人前说不上话。

城里乡里到处都是歌颂之声,神州大地进入了一个新的发展阶段,城市里到处都是脚手架。另一点是表现在农村的生育问题上。新中国成立前农村一直采用老式接生方法,不讲卫生,农村的新生儿出生率高,成活率低。新中国成立后不久,农村专门办了接生员训练班,教授新式接生技术,此后在农村多采用讲卫生的新式接生技术,新生儿成活率很高。所以20世纪五六十年代,一般的农村妇女都有四五个孩子,甚至个别人有十几个孩子,这是新中国成立后第一次生育高峰,也使中国在20世纪六七十年代迅速成为全世界出生率最高的国家之一。

日月像河水一样一天天流淌,历史伴着草木一枯一荣。又三五年过去,不知不觉已进入20世纪60年代初的岁月。就在那年黄雀叫的时候,村里忽然来了个人,他就是已经有几年没见的文林。文林这次来到这里无精打采的,穿着一件蓝色呢子料中山装,戴着一副眼镜。大队这次没有将他安排在队部住宿,而是安排他一个人住在河边上的庵子里。他既不开会,也不讲演,见了青姨也没有了热情劲,只是点个头。他每天都和大伙一起劳动。不久青姨就听说了,文林犯了错误,还和他老婆凌云离了婚,孩子栓娃归他老婆管,他一个人来到这里生活。

文林具体犯了什么错误青姨弄不清楚，她只是觉得文林是被冤枉的。在她的心中，文林还是当年那个单纯、善良的人。不久，村里的大队长给她讲了文林来这里的缘由。

文林曾是被县组织看好的年轻干部之一，但因为有错误的帽子，只能到基层来了。谁知道在这时候他的妻子凌云为了表示立场坚定，和他离了婚。凌云早上才写了离婚诉讼，下午法院就批准了，文林就这样在懵懵懂懂的情况下成了单身。

文林被认定犯了错误，没有发言权，随后被派到这里生活。大队长说："其实人们都知道文林是个好人，但现在这种情况也不知道该怎么办。"

青姨想："管他呢，那是我的老同学，又是我娘家村里的人，他现在有困难了，咱们可不能像别人似的离得远远的。有机会我还想去看看他，咱们不能做那种没心没肺的人。"

文林是青姨的小学同学。新中国成立前学生上学的年龄都比较大，青姨过了十岁才上小学，就这还是舅家村里上学最早的女学生。新中国成立前穷人家的女孩子基本不上学，一是穷，二是过去的人们对学堂有不正确的看法，把学堂叫作学坊、戏坊，认为那是瞎玩儿的地方。女孩们学了戏、上了学，容易搞自由恋爱，就破坏了媒妁之言、父母之命的老传统。

文林的父亲在外教学，母亲在家种地。他是家里的独子，家庭不算富有，但也过得去。文林大高个儿，浓头发，大眼睛，直鼻梁，小嘴巴，可以说长得很俊俏。他聪明过人，从小就爱读书，上学时学习成绩很好，各门功课名列前茅，备受老师赞赏，也受同学们喜欢。他比青姨小两岁，很聪明，不敢说过目不忘，但凡是老师布置的作业，不论是语文还是算术，他都可以很快做出来。老师经常在班里表扬他。那时青姨坐在文林后面，已经长成了丰满高挑、颜如桃花的大姑娘，做起题来老是愁眉不展，老是求助于文林，每到学期结束考试，总是求文林给她看看卷子，或者递张纸条，或者出出点子才能过关，于是在不知不觉中，他们相互有了好感。

青姨高小毕业就回家了，而文林考上了县里的初中。文林上完初中正准备上高中的时候，青姨却因媒妁之言、父母之命，和邻居大叔结婚了。

却说文林在20世纪40年代末上的高中，是老家河对岸的中学，因为它挨着背靠杜陵塬的樊川八大寺之一的兴国寺，所以称兴国中学。实际上它是抗战时为了躲避日本飞机轰炸，由西安搬来的陕西省立一中（20世纪50至80年代是西安艺术学院，后为西安美术学院，现为陕西职业学院）。这个中学有来自全省各地的学生，学生们的思想很活跃。文林还没毕业就参加了党组织，新中国一成立就进了县政府当上了干部，先搞土改，在搞完土改后被派到青姨嫁的村里宣传婚姻法。

文林本来在县城有个如花似玉的当中学老师的妻子凌云，也有个十岁的儿子栓娃，过着幸福美满的生活。可是当他被认定为有问题后，凌云受不了人们的冷嘲热讽，不久就和他离婚了。文林悲凄凄、孤零零地来到了这个村子，孤独地住在菜地里的两间破庵子里，白天和社员一块儿劳动，晚上独自一人陪伴着寒月惨星。他也曾想过去找青姨，可是一种男人的自尊压着他，他已不是过去的文林了，他不敢轻举妄动。

　　青姨虽然知道文林的事情，但是在她的心里还保存着文林和她在青春时代的回忆。在她的心中，文林永远是自己埋藏在心里的至爱。她想着如果有机会一定要去看看文林，在他最困难的时候帮帮他，让他知道自己是个有情有义的女人。

　　这个村子半川半塬，水旱兼做，每逢初夏，生产队一方面在稻田里插秧，另一方面在塬上割麦，队里活忙不开，恨不得将每个劳动力都掰成两半用。这一天雨过天晴，绝大部分人被生产队派到塬上割麦子去了，青姨却被派到菜地里和文林一起起秧子、看菜苗。

　　妇女队长派活时吩咐青姨："今年秧子紧张，好多队里的稻秧都不够，他们就趁中午或晚上没人时四处偷。为了防止别的队偷稻秧，你多带点儿馍，中午就别回来了，晚饭也在那儿吃，等村里人静了，过了十点，让文林送你回家。队里也不让你白辛苦，一天给你算两天的工分。你一定要看好秧田。"

　　青姨诧异地想：妇女队长并不知道她和文林的关系，偏偏将他俩派在一起，让他俩待上整整一天，晚上还要待到十点。

邻居大叔这段时间在山边上修水库，经常是三四十天才回来一次，青姨便安排十二岁已经小学四年级的春兰给妹妹们做饭，说自己得到河边上去干活，晚上才能回家。她还特意穿了有点儿腰身的蓝底白花的大襟外衣，青色裤子，蘸点儿清油将头发梳得溜光溜光的，脸上抹了些许久没用的雪花膏，向河畔上走去。

这时是公历六月初，农历四月半，河边上柳树依依，杨树轻扬，一片翠绿。河里清水潺潺，碧波荡漾。菜地里的菜花、黄瓜花、茄子花、辣椒花五彩缤纷，散发着阵阵香味。还有渠畔上的指甲花、鸡冠花，一片通红，远远就能闻到一阵醉人的馨香。在菜地的中央地边埂上有一座两间大的庵房，那就是文林住的地方。庵房是土打的墙，上边用几根杨树做檩、椽，再苫上一层层稻草，四面各开一个窗子，阳面开个门，门前卧着一只大黄狗。在庵房的门南有块三十平方米的场地，四周种了一圈杨柳树，东边过十米处是"哗哗"流水的堰渠，渠岸深四五米，底下是条水深过踝的清溪，一座小桥穿渠而过。从庵子放眼四望，近处是一片片五颜六色的菜花和野花，一道道源自河里流向稻田的堰渠，堰渠两旁是粗壮的杨柳，远处是青翠的稻禾和田野。两边塬下有公路，有来来往往的汽车和行人。

这里，平时每天还有两三个老汉和几个妇女上工，但到了盛夏大忙的时候，队上将所有人都抽走了，只留下文林一个人，陪伴他的只有那只忠诚的大黄狗。

青姨远远看见文林孤零零地在秧田里起秧。他虽然当过很多年干部，但是由于从小在老家干农活，干农活的基本功还是有的。只见他穿着一件蓝呢子中山装，戴着白草帽，将袖子挽到胳膊肘上，裤腿挽到膝盖间，一手起秧，一手涮泥……

青姨快步走向菜地，距秧子地还有百十米的时候，文林远远地就看见她高高的个子，乌黑发亮的头发，如月般的脸庞，特别是蓝底白花的印花布大襟衫多一寸嫌宽、少一寸嫌窄，刚刚显示出她那婀娜有致的身材。她胸前的双峰如同在风中鼓满的风帆，随着急匆匆的脚步上下颤动。她的容颜是那样俏丽，身形是那样窈窕。看着青姨越来越近的身影，文林的心"扑通扑通"地跳起来。她走近了，他闻到了她的气息。他们四目相对，竟然激动得不知说什么好。

是呀，自从文林半年多前来到了这个村，虽然这里是他过去工作过的地方，但是由于有些错误在身，没人敢接近他，也很少有人和他说话。村干部就把他独自一个人安排在河畔上的菜地里住着，顺便给队里看菜。还有几个人和他在一起干活，但一放工人家都回家了，茫茫河畔上就剩他一个人，那时，这里安静得只能听到"哗哗哗"的流水声和稻田里青蛙的蛙潮声。看看河里树木的倒影，远处公路上疾驰而过的汽车，他的心就像那荒野中的一只孤雁，非常无聊，也很孤独。晚上黑得早，太阳一落，四处静悄悄的，只有那些叫不上名字的小精灵的低吟浅唱陪伴他。

夜深了，好多往事涌上心头，他想儿子此时此刻在干什么；想那个曾经给过他很多甜蜜回忆的凌云，此时此刻是否已成为他人妻……想着，想着，两行清泪不觉流了出来。为了不让自己消沉下去，他便在昏暗的煤油灯下读《资治通鉴》，消化着里面的一个个故事。

偶尔，他也会想到年轻时的恋人——青姨，但是在现在这种情况下，他不敢去找青姨，不想将祸水引到他至爱的初恋的家里。今天青姨竟然独自来到了这里，而且是队长派来的，这不能不说是喜从天降……

青姨挽起了裤腿，脱了鞋，下到秧田里，笑着说："你傻愣什么？今天队里派我和你一起起秧子、看秧田！"

"是吗？"文林惊诧地问。

"那当然。队长不仅让我和你一起干活，而且让我在这里干一天，晚上周围人静了才准回家，还要你把我送回去。起秧子事小，看秧苗事大，队长害怕别的队来偷秧子。我过来你难道不欢迎吗？"

"哦，原来如此，那我当然巴不得呢，今儿中午起码有人给我擀面条了！"

"那算什么，今天中午的饭我包了，管保教你吃得痛快、喝得高兴！"

说着两个人一起配合着干起活来，一个人起秧、涮泥，一个人捆绑扎堆……

太阳在蓝天上一节节地滚动，一个小时过去了，两个小时过去了，在这两个小时里，文林给青姨讲他的生活，讲他的过去，讲爱人凌云如何烦他、如何和他离了婚，讲他怎样被送到农村里来，讲这几个月来他是怎样生活的。

青姨说："文林，你真是不容易。凌云她真不该甩了你。她在你最困难的时候和你离婚，得给你带来多大的打击呀！"

"有什么办法！这不正应了那句古话：'夫妻本是同林鸟，大难来临各自飞。'我又能怎么样呢？她也想过幸福生活，不想跟我挨饿受怕！离了也好，她可以带着儿子安生地过日子。"

"唉！"青姨叹了口气，说："世间有多少悲欢离合，人生有多少患难夫妻，只有患难才能见真情啊！"

第四章

又几个月后,青姨断了红,她将这个喜讯报告给邻居大叔,大叔的心里也高兴起来,跟队里请了假,不去修水库了,要在家照顾怀娃的老婆。

三十七八岁的青姨的腰一天天粗了起来,胸也一月月大起来,到了五个月的头上,她的肚子已经像生前几个娃足月时的光景。她的肚子上如同拖了一袋面,体重增加了近十斤,走路、翻身都很困难。每天早上起来都需要邻居大叔扶她,走起路来没几步就累得"呼哧、呼哧"地喘气。到了最后的两个月,她的体重增加了二十多斤,脚肿了,走也走不动,每天只是在门口晒会儿太阳,稍微活动一会儿,就躺在了炕上。每天晚上邻居大叔都要趴在她的肚子上听一会儿,心里暗暗地叫着:"儿子、儿子!"家里的家务基本上就靠已经上小学的春兰、夏莲两个十多岁的丫头做。

青姨的肚子和前几次怀孕不一样,屁股撅着,肚子下垂，爱吃酸的。村子里一伙有经验的老妇人见了就给邻居大叔说："这一回青姨好像要生牛牛娃了，你看那腰、那臀、那肚，都和过去不一样！日头从西边出来了，是谁给你换的种呀？"

邻居大叔生气了，说："看你这婆娘，还用换种吗？你老哥我的种就不错！"

"看你个老张，一个耍话都经不起，回去好好伺候媳妇哇，这回肯定能结个硕果。"

由于肚子太大，身子很沉，青姨一天中大部分时间都躺在炕上。

秋庄稼收了，蜡梅花谢了，玫瑰花红了，时光到了第二年春天，青姨到了瓜熟蒂落的时候。这一次邻居大叔不愿再像过去那样只请农村的接生婆，虽然他的前五个孩子都是由接生婆接生的，但是这一次他将青姨送到了医院。

来到医院，一上产床，大夫一检查，发现青姨怀的是双胞胎。青姨个子高、骨架大，又生过五个孩子，虽然临盆前撕裂般的疼痛，但生产很顺利，不到一个小时，两个男孩就呱呱坠地了，母子平安。邻居大叔欣喜若狂，青姨更是喜出望外。

回家后在报户口起名字的时候，青姨说："一个叫林峰，一个叫林瑜！"这有风有雨的名字是为了让他们经得起风雨，平安一生。

常言道：有苗不愁长。林峰、林瑜两个孩子胖乎乎的，身体很好，健康成长。有了两个儿子后，邻居大叔一下子来了精神，虽然一下添两个孩子，家里的负担明显增加了不少，但他还是乐呵呵的，干起活来更加卖力。邻居大叔农闲时割竹子、跑小峪，春节前后做小买卖赚钱，给家里盖起了三间大瓦房，修起了一方大院子，安上了气派的大门。

1963年，文林又回到了县城。文林走的那天，特意到青姨家里告别。青姨打了一瓶太白酒，取出家里过年挂的腊肉，炒了几个菜，大家一起吃了顿饭。文林将自己没用的东西留给了青姨。文林拿出一台照相机，给青姨一家照了一张合影，之后恋恋不舍地离开了这个值得他永远怀念的地方。

日升月落，花谢花开，一晃又一半年过去，到了20世纪60年代前期，青姨已近四十岁，女儿春兰已经十五岁，夏莲十三岁，五个姑娘中最小的引弟七岁。林峰、林瑜很小。邻居大叔已经到了天命之年。他的身子骨特别硬朗，为了贴补家用，同几个小伙子一起到秦岭割竹子，想不到却出了事。

好的竹子一般都长在没人去的深山老林里，他们几个人为了多割点儿竹子，给家里多赚点儿钱，就去了距客栈几十里远的山里。那天，他们就在凌峰绝巅下的山中扎寮。所谓扎寮，就是用树枝和芦苇搭成简易棚。白天人们在附近干活，晚上就拢堆火，烤烤馍，歇息在那里。

六月的天是孩子的脸，说变就变，尤其在这山高林深的秦岭山间。那天半夜里突然下起半尺厚的六月雪，加上阴沟里的冷风，他们几个谁也没有带厚衣服，遇到突降的暴风雪无处躲藏，竟被活活地冻死在山里，几天后才被当地人发现。

邻居大叔在山中割竹子意外死了。青姨的眼泪流尽了，在悲痛中扛起了生活的重担。每天早上，青姨必须弯着腰清扫村里的街道，而且是义务的。虽然村子里的人了解她，并不太难为她，但她自己感觉在村里很没有面子，走在人面前矮三分，抬不起头来。

再说文林的前妻凌云本是县城一个干部的女儿，长得窈窕白净，穿得时髦靓丽，是文林的高中同学。文林毕业后被县里选拔为干部。她这时才知道文林是新中国成立前就参加了党组织的青年人，有前途，所以一毕业就和文林结了婚，几年后生了儿子栓娃。可是没过几年幸福生活，文林被劳动改造。凌云的美梦化为了泡影，和文林离了婚，还把栓娃带走了。20世纪60年代初，文林回到了县城，这时栓娃已经上了小学。

文林回到了原岗位，补发了工资，再次穿起毛呢中山服坐在办公室里办公，也慢慢恢复了自信心。一直独自带着栓娃生活的凌云找上了门说："你不要儿子了？现在工作恢复了，你怎么不回家呀？"

　　文林考虑再三，顾及儿子的成长，最后还是复了婚，又和凌云生活在了一起。可是这稳定的生活仅仅过了三四个春秋，文林的旧账又被翻了出来，这些事像抽心的重锤，又一次砸在了凌云的心上，这个三十出头的女人的心里再一次掀起轩然大波，心想："我高中毕业有文化，个子也高，长得还行，哪点不比别人强，为什么老跟着文林受罪。"所以她再次提出离婚，这次连儿子也不要了。结果文林带着已经小学毕业的栓娃又一次回到了他曾工作生活过的地方——青姨婆家的村子。

　　这期间，青姨也因为一些事情犯了错误。这段时间，公社准备给村里修一座水泥桥。那时候修桥全凭人工修建，需要很多的劳力。于是，青姨这些所谓犯了错误的人便成为修桥的主要劳动力。

　　在那段艰难的日子里，青姨学会了一套本领，就是当红案厨师。有一次，青姨和几十个人又被派去修桥，正往工地走时，公社办公室主任挡住他们的去路，指着一个老头和青姨说："你们俩留下，另有任务！"

　　青姨和那个老头不敢违背，便老老实实地跟着秘书走。后来青姨才知道，这个七十多岁的老头很不简单。新中国成立前他是一个机关的厨师，能做一手好菜。这天秘书找他，是因为市、县领导要来检查工作，需要招待，所以让青姨配合老头炒几个拿手菜。其实，主任挑人是心中有数的。老头是高级厨师，青姨是比较能干的伶俐人，而且长得白白净净的，上得了台面。

因为来的都是省、市、县级领导，公社书记十分重视。老头做了一席十三花菜，把当地有名的陕菜展现了出来，如条子肉、粉蒸肉、红焖肘子、四喜丸子、黄焖鸡等，还上了十道凉菜，可谓色香味俱全，只吃得领导们个个夸奖："这饭菜做得好，地道的陕西风味，好吃。"公社领导听到这样的赞美，心里乐滋滋的。

餐厅里席还未散，后厨里稍微闲了一点儿，老头便和青姨聊起了家常。老头对青姨说："旧社会的时候，我也曾经风光过，伺候过许多达官贵人，也被人尊重过、夸赞过。"他长叹一声："唉！人活七十古来稀，我都过七十了，是个有今儿没明儿的人。而我家后代对这手艺不感兴趣，没人愿意学。"接着他又对青姨说："我知道你是个好人，你要向前看，受难只是一时的，要好好活下去。我看你聪明伶俐，教给你一点儿手艺，说不定还有用处！"

此后，老头把每一道菜的做法都给青姨细细讲来，不但让她记在心里，而且让她用笔详细记下，包括怎样配菜、佐料是什么、时间多长等。

此外还有十几道凉菜、热菜的烹饪方法，切菜的刀法，几道大汤味道的调配方法，给她讲得头头是道。青姨虚心地学习、领会，对老头更加尊敬。

上级领导在这里待了一周，老头和她在公社食堂干了一周，老头手把手地教会了她许多特色菜。

那段时间，青姨确实受了不少委屈。她一个女人家，背负了太多压力，多次想到自杀，但是当她想到那位传给自己手艺的老师傅说的让她好好活下去的话，看着几个还在上学的女儿、儿子，她叹口气："唉，这个家还离不开我，他爸走了，我再走了，孩子们靠谁养活呀！"

不久，老师傅去世了。虽然就在邻村，但青姨无法去看他，只能在夜深人静的时候，朝老人家的方向烧几张纸钱，偷偷地念叨几句："师傅，您一路走好！"

第五章

　　时光荏苒，又过了两三个春秋，城乡都开始了促生产、促工作、促战备。青姨和文林还是照样在田间劳动，春兰、夏莲都已长成了大姑娘，冬梅从中学回到了家，成为返乡青年。

　　人常说女大十八变，春兰那个脸庞、那个身段，活生生的就是当年的青姨。她瓜子脸、大眼睛、高鼻梁、小嘴巴，两条长长的黑辫子搭在高高凸起的胸前，走起路来如同杨家将戏中的杨排风，婀娜多姿。村里有几个小伙子眼睛总是盯着她。

　　文林的儿子栓娃是高中毕业生，比春兰大一岁，也和她一起返了乡。他一米八的个儿，膀大腰圆，一表人才，学习也好，上高中时和春兰是同班同学。由于父亲有过问题，栓娃找媳妇有些难，妈妈凌云可怜这个儿子，找人给他在山里找了个媳妇结婚了，一年后有了孩子。

栓娃的媳妇个子不低，身形又粗又壮，能干活，模样不丑，但是皮肤很黑，有些显老，像个老婆娘，他从心底里不喜欢她。

栓娃一直忘不了那年过春节，公社里排节目的事情。排节目时，栓娃和春兰扮演两口子，因为剧情的需要，他俩在舞台上手拉手，表演得非常精彩。这个节目在全公社十个大队都演出过，还到县上会演过，并在县上的会演中得了优秀奖。栓娃和春兰在舞台上一次次地拉手，就像电流一样，击中了栓娃的心，留下了抹不掉的回忆。

早过了婚龄的春兰看到和自己同样年龄的姑娘们一个个都嫁了出去，有了幸福的家庭，孩子跟在屁股后面"妈妈，妈妈"的叫，心里很不是滋味。她在心里悄悄地爱着栓娃哥。虽然在舞台上她们只是短暂地拉手，但也使她动了情。

还记得有一次他们偷偷约会，栓娃情不自禁，一下子抱住了她，她感觉世界上的一切都不存在了，仿佛就剩他俩了。她的心似乎能感觉到他的心跳。但理智让她挣脱了他的怀抱，她还是个女儿身，她要把自己纯洁的身体奉献给爱她的那个人。栓娃哥已经结婚了，不能给她全部的爱，她要终止这种无望的感情。可她又是那样地爱着栓娃哥，他的一举一动，哪怕只是一个眼神，都会让她情不自禁地回味很久。

春兰对栓娃说:"栓娃哥,我们以后别这样了,这样对不起嫂子。"可栓娃一下又把她拥在怀里,用温润的嘴唇亲吻她的脸颊、嘴唇,让她感受到从来没有过的陶醉。眩晕中,她的身体颤抖着,也紧紧搂住了栓娃。她似乎感觉到他身体的变化,感觉到一双手正滑向她的乳房。她一把推开栓娃说:"千万别这样,会犯错误的。"

可是,已经被爱燃烧的栓娃岂能放弃到手的猎物,他恳求地说:"春兰,我爱你,虽然我不能给你全部的爱,但我能给你一个男人最真的感情,我做梦都想和你在一起。你知道吗,每次和她在一起,我的眼前全是你的影子。有一次,我差点儿喊出你的名字,那一刻,我真正发现,你才是我的最爱。"

听着栓娃的表白,春兰心里掀起层层涟漪,感动得一下子扑到栓娃的怀里,两颗心紧紧地贴在一起,久久不愿放开。她多想就这样永远拥有他,不离不弃。可惜,当梦回归现实,她才知道,一切都不可能。因为,他已经不属于她了,而是属于另外一个女人,而且他们已经有了爱情的结晶。她不能把自己的爱情建立在别人的痛苦之上,那样,自己将遭人唾弃,得一个永远洗刷不掉的罪名。她的人生还很长,她不能因为一段感情毁了自己的一生。想到这里，仿佛一盆冷水浇到头上，让她猛地清醒过来。她一下子推开栓娃，像一只羔羊挣脱猎人的扑杀，奔跑着离开了她心爱的人，而她的脸上却挂着两行清泪，她的心无比疼痛、酸涩。

那件事情发生以后，她不敢再看栓娃，见他迎面走来，她马上就躲开了。20世纪70年代初，农村的姑娘一般都是过了二十才结婚，好多姑娘二十三四岁，甚至二十五六岁才出嫁。大家找对象的条件是"一军二工三干部"。村里和春兰一般大的姑娘大都按照这个标准找到了各自心仪的郎君出嫁了，也有个别姑娘靠着各种关系，在城里找到了工作，让多少农村姑娘羡慕不已。那时候，有一个城市户口是多少农村人梦寐以求的事情，要是再能当个干部或者工人，那更让人羡慕。

作为高中时学校的学习尖子、校花，春兰心里对人生和爱情也有许多美好的憧憬，但是一个"坏分子"的帽子压在她妈妈的头上，也压在了春兰的心里。别说军人、工人、干部这些耀眼的光环她想都不敢想，就是村里的好小伙看上了自己，也会因为怕影响前途而不敢找她。她在被窝里哭过许多次，但在人前她却要装出欢笑的样子。面对坎坷的命运，她又有什么办法！

那段日子，是青姨负担最重的时候。二十出头的春兰可以挣点儿工分。小她两岁的夏莲因在上学期间一直给舅家抗美援朝牺牲的烈属大娘帮忙做事，被烈属大娘认成了干女儿。在推荐上高中时，这位烈属大娘亲自找县里领导，夏莲才上了高中。那时高中虽然没有多少学费，但也要搭灶，每月需要八元钱。另外秋菊、冬梅都在本乡上初中，一个上初三，一个上初一，两个男孩在上小学。全家只有青姨和春兰挣工分，每年都是缺粮户。青姨虽然被认定是"坏分子"，但在本队人缘比较好，粮食还是可以按时分到。而且那时生产队粮食分配百分之八十是按人头的，百分之二十是按工分的，青姨家人多，而且大多是吃得少的姑娘，粮食还算勉强够吃。

　　青姨在那段日子里，受了不少罪，是好心人的帮助和要抚养儿女长大成人的想法，支持她硬撑了下来。

第六章

后来,政策改变了,县里发了布告,对青姨的问题做了重新说明,四十多岁的青姨人生又发生了巨变。青姨"坏分子"的帽子摘了,她也因此振作精神,发奋工作。她肯吃苦,任劳任怨,工作表现突出,成为县政协委员。此后,青姨更加认真履职,努力工作,光荣入党,之后又成为乡党委委员。

县政协委员有补助,乡党委干部有工资,近五十岁的青姨一下子又有了奋斗的目标。

在这时候,春兰的人生轨迹发生了巨大变化。一是母亲不仅摘了帽子还当上了县政协委员、乡党委委员。二是自己被调到了村里的小学当教师。三是栓娃的妻子患出血热病去世了。

栓娃的妻子去世了一段时间后,春兰专门去看了栓娃。春兰问他:"栓娃哥,你以后准备咋办?"

栓娃闷着头说:"走着看吧,我能怎么办!父亲的问题刚解决，我既没'一转二响三咔嚓'（即当时所谓的三大件：自行车、录音机、照相机），还带着个拖油瓶，谁还愿意跟我呀！"

春兰说："我跟你，我给你的孩子当妈！"

栓娃望着春兰，疑惑地问："这行吗？我可是有孩子的男人。"

春兰说："我不在乎。"

半年后，文林工作的事情彻底解决了，就在栓娃全家即将返城时，文林找了媒人来青姨家提亲，给青姨说："栓娃喜欢春兰，两个人相差一岁，过去又是同学，彼此心里都有对方，请你'恩准'。"

青姨想了想，觉得也对，自己和文林没有走到一起，现在孩子有意思，应该支持，她回答："我会找个合适的时间给春兰说。"

孟春的春天是非常美的，四野一片翠绿，各种鲜花竞相开放。姑娘们、小伙子们也都换上了春装，把青春的气息挥洒在富有诗意、生气勃勃的季节。

这一天春兰休假，她穿上一件水红色的裙装，正对着镜子梳妆。看着自己的女儿，青姨顺势提出了栓娃和她的婚事："妈问你，你看你栓娃哥人咋样？他爸马上就要回城里去了，他比你大一岁半，不论年龄、模样、心眼儿都不错，你考虑和他的婚事不？"

一说到栓娃,春兰脸红了,低头不语。

青姨说:"按说你二十大几了,男大当婚,女大当嫁,这些年妈的身份不好,影响了你,别人家的女孩子像你这么大的都生两个娃了,你却还没嫁人。现在提亲的上门了,是你的同学栓娃。虽然他以前受他爸影响,但现在他爸的事情解决了。虽然他是结过婚有孩子的人,但人很正派。你愿意就愿意,不愿意就算了,我尊重你的意见!"

春兰半天不吭声。

青姨说:"你倒是给句话呀,同意就点点头,不同意就摇个头!"

春兰这才郑重地点了点头。

不久,就是当年的八月十五中秋节,青姨和文林为栓娃和春兰办了婚礼。虽然栓娃是二婚,但春兰是初婚,青姨又是县政协委员和公社党委委员,文林也解决了工作问题,两家的客人来得很多,一共有三十多桌,在村里也算是比较排场的一场婚礼了。

当一辆马车将春兰拉过河,来到河对岸栓娃家的新房时,这个只有十几户人家的村落一下子沸腾了,娃娃们在马车前喊着:"新娘子来了!新娘子来了!"几个本村的小伙看到马车拉着新娘子来了,便点燃早已准备好的鞭炮,顿时,门前响起了"噼里啪啦"的鞭炮声。栓娃喜气洋洋地将春兰抱下马车,一路小跑进了新房。新房里一盘大炕占去房间三分之一的地方，一个三八柜立在上房中心，墙正面挂着毛主席的画像，炕上铺着崭新的被褥。炕头上方的墙上贴着一张胖嘟嘟的娃娃画。这天，文林来张罗儿子的婚事，看到春兰，文林内心有说不出的滋味。春兰的妈妈今天也来了，这是西北人的风俗习惯，女儿出嫁，由父亲送到婆家，父亲不在了，就由母亲送女儿到婆家。

热热闹闹的婚礼开始了，本村的队长给一对新人颁发了结婚证，就算正式宣布结婚了。那时候的农村也没有啥好东西招待十里八乡的乡亲们，就请了本村的几个婆姨帮忙做了几桌酒席。

当天晚上，按照习俗要耍新房。

一盏一百五十瓦的特大灯泡悬在院子里的大树上，照得二三百平方米的院子亮亮堂堂的，十里八乡的乡亲们从四面八方赶来这里看热闹。这里结婚的习俗讲的是三天不分大小，就是不论是辈分大的，还是辈分小的，都可以参加。

春兰和栓娃被推到了前台，栓娃的邻居小汤当上了主持人。高中毕业的小汤亮了亮嗓子说："按说栓娃是二婚，按咱这儿的规矩，我们不该耍媳妇。可是他们全家要回城了，这是双喜临门，遇到了这么多高兴的事，我们还是要耍耍媳妇，庆庆新婚的，大家说，要不要？"

"要！"人们发出了呐喊声。

这里耍媳妇的风俗由来已久，现在追之，主要是封建社会讲的是男女授受不亲，婚姻又是包办的，男女在结婚之前几乎没见过面。而耍媳妇可以使这两个不相识的新婚男女在逗趣中产生一种相互之间的吸引力，同时也给村子增加点儿乐子。当然，这是新中国成立前的事儿了。20世纪50年代初新婚姻法实施以来，婚姻自主就逐渐在这里扎下了根。

话说栓娃和春兰虽是一对新婚夫妻，但也是老相识了，只是村里几乎没有人知道，于是这天晚上的耍媳妇节目格外精彩。

先是村里几个和栓娃年龄相仿的小伙子，在新房的顶棚上吊了一颗苹果，春兰伸手够不着，于是就让栓娃抱她起来摘那颗苹果。就在抱的过程中两个人亲密接触，产生一种亲密感，如果新婚夫妻扭扭捏捏，不好意思，观众就会哄堂大笑；如果新婚夫妻大大方方的，观众反倒没什么说的。耍媳妇就是要个扭捏劲。

当栓娃很快地抱起春兰，春兰摘下了那颗苹果后，观众又开始了新的节目，就是让春兰给栓娃点烟。当春兰划着火柴，正准备点烟时，小伙子们凑近一吹，火灭了，如此几次反复，惹得大家一片笑声。

第七章

就在人们耍洞房的同时，青姨和文林并肩走在村外的田野中。秋夜的田野那样美，银色的明月挂在天上，给绿色的大地洒满银辉，苞谷林有一两米高，微风吹过，掀起波涛，就如同一幅精美的油画。

青姨今天是送女儿来娘家村的，也就准备在娘家歇一宿。一对亲家一起走在他们年轻时曾多次走过的路上。他俩停在一棵老槐树下，这棵老槐树在他们的青春时代曾见证过他们之间的爱情。

已近天命之年的两个人在月下重游故地，也是别有一番意味。二三十年来，他们的命运发生了戏剧般的变化。文林高中毕业后先是被选为县上的干部，经历了到农村生活，甄别后再进城，又一次返乡，最后再次进城。而青姨呢，父母反对她和文林在一起，后将她嫁给了邻居大叔，生了五个女儿后，又生下了双胞胎儿子。在此期间起起伏伏，她先被定为"坏分子"，后来政策调整摘帽，之后成了县政协委员，乡党委委员、副主任，在公社上了班。

而文林的妻子凌云在文林被遣返还乡时再次甩了文林和她的儿子栓娃。在凌云彷徨无措的时候，早就看上凌云的县机械厂副主任找到了凌云，于是两个人一拍即合。她嫁给这位副主任为妻。没想到这位副主任因为犯了错误而被收监。一向傲气十足的凌云一下跌入了人生的谷底。她终于顶不住压力，不久就疯了。人生就是一个大舞台，净、墨、丑、旦，繁华一时，真是："乱纷纷你方唱罢我登场，昏悠悠福来祸去阴晴扬。"

青姨和文林既是朋友，也是恋人，有过青春时的互相倾慕。如今近天命之年的两个人成了亲家。在这明月夜凉爽的秋风之中，命运又使两个人走到了一起。

文林看着月光下的青姨，虽然经历了丧夫之痛，经历了被管制之苦，但是她像一株顽强的金菊，经霜耐雪，顽强地撑了过来，没有憔悴，没有衰老，还是那样秀丽。她脸庞圆润，黑发浓密，穿一件咖啡色带花的短袖、一条青色的长裤，虽然有些发福，但肩膀还是那样的笔挺，走起路来还是那样的潇洒。此情此景，爱恋之情不觉又从文林心中升起，他问道："大哥走的这些年，你一个人是怎样熬过来的？"

"唉！"青姨叹了一口气。这一声长叹，蕴含了那些岁月中的苦与累。

"说什么呀,过去的就让它过去吧。今天我们只说未来,不说过去。我们不能只为死去的、过去的人或事而懊悔,重要的是以后的日子要怎么过。"青姨平静地说。

文林不无感慨地说:"想不到一场苦难,竟把你磨炼成了哲学家!"

"你以后准备怎么办,难道还和我一样一个人过?"青姨问。

这时候,文林牵住了青姨的手,一把将她揽了过来,两颗曾经心心相印的心又贴在了一起。

"青姐,说老实话,我听到要回城的消息后,第一个想到的就是你。我们都有二十多年的情谊了,我们不光是初恋,而且还有很多美好的时光,这些也是在逆境中支撑我活下去的唯一动力,但是……"

"但是什么,怎么欲言又止,你总是这样优柔寡断!"

"凌云现在病了,她是我孩子的娘,我心里也放心不下她呀!"

"你总是这么善良,你还准备和她复婚吗?"

"提起那个凌云,我的心里就像针刺般的痛呀!她总是在我最困难的时候抛弃我。按说我完全可以不管她。但她现在已经疯了,毕竟我们曾在一起生活过十几年,还有个儿子。另外,她的父母也多次拜托我照顾她。"

"那你是准备跟她复婚了?"

"我可以照顾她,但不一定和她复婚。她可以单独住,我定期去看看她就行了。"

青姨用多情的目光望着文林说:"我等着,反正我的心早就是你的了。"

这个中秋之夜,栓娃和春兰走进了婚姻殿堂,文林和青姨也在月光下聊了很多……

回城后,春兰在县城小学当了教师,栓娃进了县机械厂当钳工。此前,二十岁的夏莲已经考上了上海的大学。十八岁的秋菊进了省医专。冬梅和引弟都进了县城的高中。而林峰和林瑜也都成了县城里的初中学生。

青姨除了到县里开会、在公社上班,其余时间就是在家里照顾孩子们。一个月里,她总要到县城看望春兰一两次,同时也见见文林。文林在县城里一个人住在原来的房子里,凌云则住在那位副主任的居所里。春兰和栓娃住在栓娃机械厂分的宿舍。栓娃和春兰每周都会去照看凌云。

日落月升,花落花开,二十五岁的夏莲已在那位烈属大娘的支持下,成为一名满腹经纶的名牌大学经济专业的毕业生。她一米六八的个儿,身材苗条,面容姣好,脑子灵活,办事雷厉风行。毕业后,她被分配到县政府办当了秘书。

夏莲是农村出生的,勤劳质朴,踏实肯干,受到了领导的赏识。

半年过去，才二十六岁的夏莲就被书记和县长一致提名为县政府办公室副主任。这虽然只是个副科级官职，但是负责秘书组，管理全县文件发放及党委和县政府会议召开等大事，是全县四十多个公社、六个区所有干部都眼红的位置。

夏莲工作得心应手，心情也舒畅。她在全县女干部中率先留起了齐耳短发，穿上了当时时兴的两扣西装、藏青色裙装，打扮得端庄得体。她每天唱着歌儿，走在县城的大街上，成为一道靓丽的风景线，吸引了不少异性的目光。不知不觉中，爱情也在悄悄向这位政府大院里举足轻重的姑娘走来。

那是在新政策调整后的一个春天，县里开三干会。国务院第一次下发了关于农村的一号文件，提出了农村改革的政题，具体到土地承包和生产责任制。这项举措，直接关系到民生问题。《人民日报》同时肯定了安徽凤阳小岗村的经验。与会人员一下子沸腾了，各种意见纷至沓来，大多数人说这才反映了广大农民的心里话，土地承包就是要让农民摆脱大锅饭思维，谁想混饭吃就会没有饭吃。只有砸破大锅饭，农村才能发展起来，农民才不会饿肚子。但也有一些人持反对意见，说："辛辛苦苦三十年，一夜回到解放前……"

夏莲忙了整整一周，每天开会，整理领导的发言稿、县长的会议决议案，还有代表的分组、住宿、吃饭、派车，林林总总太多事情要处理，真是有点儿累。开完会，她安排司机送罢全县各乡镇的书记、乡长后，才有点儿休息时间。司机把她送到政府单身宿舍。走进宿舍，放下包，她痛痛快快地洗了个澡，拉开被子在床上躺下没一会儿，突然传来一阵敲门声。

夏莲没有吭声，想是谁这么讨厌，人刚睡下，就来打扰。她不去理他，想那人敲敲也就走了。原来，这里住着好几个和她一起分来的同事，有的比她大点儿，有的小点儿，都在县里各部门工作。有几个小伙经常来找她，有事没事就敲门。她不理会，他们也就走了，如果真有事一会儿还会来。可是不大一会儿，门又"咚咚咚"响了起来。

"谁？"夏莲答了话。

"二姐，是我，老三。"

"你等等，我正穿衣服呢！"因为老三有时也会领她的同学来，所以夏莲忙穿衣服。夏莲下床开了门，秋菊一闪而进。

秋菊上了两年省医专，比夏莲晚毕业一年。秋菊和她的同学们被搞了个社来社去，分回了老家，村里还给她家分了几亩责任田，她一边种地，一边在村里办了所医疗站。这个医疗站是给社员看病的，和社员们一样只记工分，不给钱。夏莲对她说:"你好好钻研医术,只有医术精了才有出路!"所以近一年来,秋菊在妇科疾病的研究上狠下功夫,对产科和妇科一般疾病都比较精通,已经是村里和公社里小有名气的医生了。

"老三,你来找我有啥事?咱妈还好吗?"

"老妈让我给你带个信儿,说有人给你介绍了个军校毕业的军官,比你大两岁。你见不见面?如果同意见,你明天就回家,不同意见就算了。"

"哪个军校?"

"哈军工毕业,现在在军分区工作,营级,二十八岁,个头一米七五。"

"可以见见,反正丑媳妇不怕见公婆。咱妈已经为我张罗了有一个排了吧。"

"就是呀。可你的条件高呀,一个也没看中。"

"婚姻是一辈子的事,必须要对上眼才行,不能像咱妈和咱爸当年那样。"

"那是旧社会,现在新中国成立都二十七八年了,婚姻肯定是要自主的,二姐!"

"老三,看把你急的,是怕耽误了你吧!"

"看你说的啥呀,老妹我无所谓。"

"那我明天回去看看。"

当天晚上夏莲躺在床上,仔细思量自己走过的这二十六年。记得十几岁的时候，母亲犯了错误，当时她在学校是班长，也因母亲的问题受到了影响。后来她凭着好成绩考上了县城的中学。在初中的第一次考试中，她的成绩是全班第一。老师由此对她另眼相待，又让她进了学校学生会并担任副主席。正当她一心一意想着以后考高中时，突然，政策发生了变化，她最终还是悻悻然地返回了农村。在返回农村的两年，她和别的姑娘一样平整土地、修河堤。她曾担着近百斤的石头跑一上午，只吃几个黑馍。两年后经过干妈的努力，她进入了高中，一直是班里的尖子生，不论物化生、政史地，还是语数外，她总是班里的前三名。因为她爱看书，懂得多，同学们不懂的就向她求教，于是给她送了个绰号——"女秀才"。高中毕业后她二次返乡，又在农村待了半年。这时国家恢复了高考，开始选拔大学生，她烈属干妈出面找领导说明情况，她如愿参加了高考，被上海某大学录取。在大学期间，不管别人学不学，夏莲每天学到晚上两点，星期天也很少上街，总是在图书馆看书、学习，是班里、系里有名的才女。正因如此，毕业时她被优先分到了县政府工作。

十多年的学习生活，使夏莲养成了脚踏实地、勤勤恳恳、埋头苦干的性格。她认为，大楼必须一砖一石地盖，事情必须实实在在地做。所以她一直注重干事，很少拉关系，也从没在个人问题上想太多。

话又说回来，她毕竟是个女性，而且年龄不小了。她的妹妹秋菊都有了男朋友，甚至最小的妹妹引弟身后也有不少追求者。母亲多次委婉地提醒她说："你不小了，该考虑个人问题了！"

　　上大学时也曾有本班或本系的男生追求过她，她也为此激动得彻夜难眠。但她很理性，考虑到毕业了不一定能分配到一起工作，就委婉地回绝了。现在她的年龄渐渐大了，但她择偶的条件不能降低，婚姻是关系一个人一生的大事，一定要处理好。她心中的白马王子应该是与她性情相投，在知识上比她更渊博，是爱她、疼她，有责任感的男子汉。她当了政府办公室副主任后，常去省里、市里开会。她感觉到一个男同学在追求她，但他们至今没有明确关系。

第八章

　　再说秋菊，一转眼已是二十四岁的大姑娘了。她的人生轨迹也和两个姐姐一样充满坎坷。虽然上了两年省医专，而且学得不错，可是毕业分配由于各方面原因，她回到了农村。

　　才回到村里那段时间，她的心里极不平静，心情烦闷，吃饭没味，睡觉不香。她想：难道我这一辈子就是做农村妇女的命，就是嫁人、生孩子、抹锅头、做饭了此一生吗？秋菊很不甘心啊，她也是个堂堂的大学生，在省医专发愤学习过，曾决心做个好医生，或像二姐一样做一个白领，然后风风光光地嫁人。可如今，梦想变成了泡影。秋菊心里很矛盾，也很沮丧，现实和理想怎么会有那么大的距离。

　　秋菊虽和春兰、夏莲是同胞姊妹，但个子比她俩低不少。她不光个子矮点儿，身材也不像两个姐姐那般窈窕，有点儿胖。虽然还是个姑娘，但看起来特别成熟，加之她浓密的黑发，使她很有女人味。

秋菊在学习上和春兰、夏莲不分伯仲，两年的医专学习中，她一直是班里的前几名，在班里也很有威信。医专为了提高学生的动手能力很注重实习，有一次秋菊和两男一女四个同学到省内某专科医院进行了两个月的实习。在那段时间里，郑雪峰和刘元都向秋菊郑重示爱。

刘元是班长，长得高高大大、白白净净。他多次主动为秋菊修车子、买早餐，但是一心扑在学习上的秋菊对此视而不见，只顾着读她的圣贤书。其实她是个聪明的姑娘，体会得到刘元的想法。但是她知道，不学好本领，将来没有好工作，什么爱情、家庭都只能是幻想。

郑雪峰和秋菊是一个县的同学，长得高高大大，是个帅气的小伙子，也是那时候少有的独生子。郑雪峰家就他和父亲，母亲早就去世了，父亲是大队干部。郑雪峰和秋菊一样注重学习，成绩在班里也是名列前茅。他和秋菊是近邻，经常相约一块儿去省城上学。秋菊长得好，成绩也好，是他心中一直钟情的对象。

就在他们毕业实习的一次旅游中，秋菊崴了脚，点燃了她的爱情。

那是在国庆节假期，几个同学相约去游华山，这些人中偏偏没有刘元。那天刘元的妈妈病了，他请假回家照顾妈妈去了。他们晚上七八点钟开始爬山，目的是黎明时到东峰上观日出。华山是五岳中最险的山，自古就有"险据五岳冠,华山一条路"之说。那时华山还没修起索道。从山下爬到东峰上至少要走四五十里山路,且峰高路险。行走在月光下,路旁的青峰、绿树、野花影影绰绰,看不见真实的美,但它们散发出的清香让人陶醉。四个人在漆黑的夜里赶路,郑雪峰和另一位男生走在前面,秋菊和另外一位女生紧随其后。

秋菊很要强,什么事都不甘落后,似乎忘记了自己是女儿身,偏偏爱和小伙儿争高低,在班里素有"假小子"之称。那晚,四人同行,她紧跟着郑雪峰,生怕拉远。他们从沟口出发,到了北峰下的回心石,已经走了四个多小时。虽然是深秋,但四个人都已汗流浃背,脱了羊毛衫,只穿件衬衫。回心石是华山的一个重要关口,再往上就是千尺幢、百尺峡、老君犁沟,山路更加崎岖陡峭。过了这些险道就是南峰、中峰、东峰、西峰。回心石的含义就是在这里还可以回心转意往回走,过了这段路连回心转意的机会都没有了。

他们登上东峰时,太阳已经悄悄从布满晨雾的山间升起,照得华山格外壮观,阴阳交错中的大山,在太阳的照射下,更加立体、俊俏、壮美。四个人兴致勃勃地观看了日出,吃了早饭,两位同学说要到西峰去看劈山救母,即陈香的大斧头景观,约好下山再见,便只留下了郑雪峰和秋菊。

人们常说上山容易下山难。秋菊下山行至北峰时不慎崴了脚，疼痛难忍，寸步难行。这可怎么办？虽然此时还是正午，但下山还有几十里路，那时山上没有车，更没有索道，只能步行。但秋菊脚受伤了，怎么个走法呢？郑雪峰一边给秋菊揉脚，一边寻思着怎么下山。

几十里的山路，正常人需要走几个小时，何况自己崴了脚。秋菊望着挂在天上渐渐西斜的太阳，心里思量着该怎么办。

这时郑雪峰说："这样吧秋菊，我背你下山！"

秋菊摆摆手说："那怎么行呢。咱们再歇会儿，你先给我揉揉，说不定一会儿就好了。"

于是郑雪峰就给秋菊扳脚趾、揉脚脖子，但总不见好。秋菊每次想站起来走，都是"哎呀"一声，然后痛得坐下。

就这样耽误了两个小时，行人渐渐稀少，最后在郑雪峰的坚持下，背起秋菊一步一步往山下走去。

当时秋菊的体重有一百多斤，郑雪峰背着她走几十里路，而且还是一条无比艰险的山路。一路上他们走走歇歇，歇歇走走。郑雪峰累得满头大汗，秋菊心痛得不得了。

几十里的山路上，来来往往的人川流不息，一个男青年背着一个女青年招惹了很多目光。有的人偷偷捂嘴笑，有的人窃窃私语："哎，这美女可真有福气，上华山还有人背。"

这个人说:"嘿,这个小伙劲儿真大,背着媳妇游华山!"

那个人说:"这个女子真懒,下山还趴在她男人的背上,也不心疼爱人!"

听到这些议论,两个人就当没听见,一如既往地朝山下走去。

趴在郑雪峰背上的秋菊很心疼他,但自己也没法儿,脚一挨地就钻心地疼,唉……谁让自己走路不小心崴了脚,怪就怪自己不争气,连累了郑雪峰。她趴在他的背上,感觉到他满身满背都是汗,脸上的汗水一滴一滴落在路上。汗水透过他和她的衣服,濡湿了她的胸口。

郑雪峰迈着沉重的步伐,忘记了才开始时秋菊那丰满的乳房挤压着他的背时的难为情,但此时的他已经顾不了这些了,只是艰难地行走着。

秋菊说:"对不起,小郑,今天我把你害苦了。"

郑雪峰说:"没事,谁叫我们是同学呢,我不背你,谁背你。老人不是常教导我们说同路不失伙伴吗!"

"如果你一辈子都这样背我,那该多好呀!"二十出头的秋菊不知道自己怎么会突然冒出来这样一句话。

"只要你愿意,我一辈子都背你,我巴不得呢。这话可是你说的,不准反悔哟!"

那段时间，青姨在县城给春兰照看小孩。春兰和栓娃结婚后生了个男孩后，村里就开始搞计划生育。因为栓娃和前妻曾有过一个小孩，所以他们也就没再生二胎，将母亲请进家里帮忙照看孩子。

五十三四岁的青姨快到退休年龄了，她在这里除了给春兰看小孩、做饭，还照看着上大学的冬梅、引弟和上高中的林峰、林瑜。

文林回城后被安排到一个局里当局长。那时正逢改革开放，各单位都在喊"将过去的时间夺回来"，中国大地上又出现了一种热火朝天、欣欣向荣的景象，每个人都忙得晕头转向。文林所在的是新成立的经管局，关乎着全县的经济发展。文林一天到晚忙于各种事务，还要照顾疯疯癫癫的凌云，真是分身乏术。还好，春兰和栓娃经常会去照顾凌云，让他省了不少心。

日子一天天过去，一年多的光阴，凌云的病情非但没有好转，还有所加重，每天哭哭啼啼、笑笑闹闹，笑她的主任夫人生活多么的美好，说主任是如何爱她；哭的时候不管围观的人有多少，就那样闹，甚至多次在县城最热闹的十字路口不顾羞耻地哭着、笑着，弄得文林和栓娃无可奈何，只好远远地看着她。

有一天，文林到市里去开会，栓娃加夜班，凌云又犯病了，独自跑到山上，坠崖身亡了。

凌云活着的时候，文林一直照顾着她的生活，但没在一起过日子。那段时间，青姨总是抽空到文林家，为他洗洗涮涮，给他亮亮自己跟师傅学的厨艺。青姨的厨艺可真不赖，做的菜色香味俱全，让文林对她刮目相看。青姨也时不时给他讲起那段故事，讲那位可怜的老人。文林也非常感慨。凌云死后半年左右，有人给他和青姨牵线搭桥，让有情人终成眷属。

　　文林和青姨是在那年腊月办的结婚手续，文林住在政府为县局级领导盖的小院里。小院里有三间近二百平方米的大房，另有厨房、卫生间、浴室、水暖、电器、通信设备一应俱全，生活非常便利。院子里有花有树，每家一个朱红大门，显得格外气派。这年青姨五十五岁，文林五十三岁，两个人结婚低调行事，只请了几个亲朋好友。那天晚上，青姨在小院里摆了两张桌子，给大家斟上县里产的大曲酒，炒了几个小菜，庆贺一番。

　　过后，老同事、老朋友知道此事后，为了表达心意，给文林和青姨送来了日用品，还有诙谐有趣的喜联。喜联云："千回百转终合流，花开花落出硕果；陶然一笑情谊深，举案齐眉孝传家。"还有一副更有意思的喜联："一床新花被，两个老家伙……"

　　客人们走了，文林看着自己的新家，有青姨专门购置的一套才兴起的组合柜和孩子们给他买的安乐椅。他坐在安乐椅上摇着，感觉很惬意。他扭过头看着正在烧茶的青姨，虽然已五十五岁，但更丰润、更精神了。他想，不容易呀，他俩走过了二三十年坎坷之路，今天，终于柳暗花明，走到了一起。

这时候，青姨碎步走到他的面前，幽默地说："相公，请用茶。"

摇着安乐椅的文林这时候想起了青姨曾经对他说的话："反正我的心早就是你的了。"心里泛起了阵阵浪花，记忆的闸门如潮水般涌现在眼前。他记得他们的第一次约会是在故乡的荷塘边。

那是个夏夜，荷塘里荷花白得如玉，红得似火，莲蓬一朵朵隐在那硕大的莲叶里，天上挂着一轮金色的圆月。蝉在歌唱，荷塘里的青蛙鸣放着高高低低的蛙潮，微风轻轻地拂着他俩，他们静静地坐在草甸上。看莲人晚上早回家了，这里只有他俩，依着荷花，看着月亮，听着蛙潮、风声和鸟啼。

他还清楚地记得那天青姨穿着件蓝底白花的印花布中式衬衫和一条青色的裤子，勾勒出少女的曲线，身上散发出阵阵芬芳。他穿着一身蓝色学生装，腼腆地和她依偎在一起。

今夜在这红灯灼灼之中，青姨看着喝得有点儿酣醉的文林，也想起了许多往事。从她懂得感情时，两个人就有点儿朦朦胧胧的爱，只是在以前，他们争不过命运的摆布，各自走上了自己的路。

寒来暑往，二三十年过去了，今天他们终于走进了婚姻殿堂，终于可以相扶相伴地走完剩下的人生之路，这就是所谓的有情人终成眷属吧！

她对正在安乐椅上看着她的文林说："文林，我们俩就像经历了千沟万壑的小溪，走了几百里，走了二三十年，今天终于走到了一起。从此，我们可以自由自在，幸福地生活在一起，共度晚年。从今天起，我就是你的夫人了。"

这时屋里新买的时钟正在报时，那清脆甜美的女声说："二十二点整。"

第九章

　　就在青姨与文林结婚的这一年，青姨的两个女儿夏莲和秋菊也先后完成了人生的大事。

　　夏莲与那位在部队当军官的男人没有共同语言，只草草地见了一次面就没有下文了，仍然一心扑在工作上。不久她被任命为县政府办主任。这个主任在全县二十多个局中是最重要的岗位之一，每天迎来送往，写这写那。当然，夏莲也不是单打独斗，她的手下有一班精兵强将。夏莲可能得到了母亲的遗传，虽然很忙，但工作起来很认真，大事小情都安排得井井有条，正因如此，大家称她为"三个脑袋"。

　　就在这时，爱情之神开始向她招手。在市政府工作的老同学袁泉向她伸来了橄榄枝。袁泉是个干部子女，当年的学生会主席，她的同届同学。过去在学校时他曾追求过她，但由于家庭条件悬殊，她回绝了。工作后虽然不在一个地方，但同在行政单位，开会也能经常碰到。他多次请她吃饭，两个人在一起有很多话题，聊人生、聊社会现象、聊工作中经常出现的问题等等。袁泉是个有心人，出差时常给她捎点儿衣服首饰之类的东西。

　　夏莲也推脱过，开始是照价付钱，后来袁泉发了脾气，夏莲才接受了。他们从没谈过一个"爱"字，甚至没牵过手。但经过了几年的接触，彼此心中都有对方，似乎也接受了对方，渐渐的便开始谈婚论嫁。

　　这天，袁泉被夏莲带着第一次登门拜访未来的丈母娘。青姨看到那么高大英俊的小伙，那么文质彬彬，而且家庭条件也不错，打心眼里满意这桩婚事。那天，青姨炒了好几道拿手好菜，叫上几个儿女一块儿吃饭。开饭前，青姨端起酒杯对夏莲和袁泉说："你们的婚事你们自己决定，我们不掺和。作为老人，只是希望你们在生活上互相体谅、互相关心，工作上互相支持。夏莲是我的宝贝疙瘩，希望袁泉你替我好好待她。今天这个酒喝了，你们就尽快操办婚事，年龄都不小了。婚事不要太铺张，越简单越好，但该有的风俗一样不能少。"听着老人的一番话，袁泉端起酒杯说："阿姨您放心，我会好好待夏莲的。"说完，一饮而尽。席间，袁泉脑子很活泛，不时给两位老人添茶倒水，嘴甜得像抹了蜜，叔叔阿姨叫的两位老人高兴得合不拢嘴。

　　夏莲要出嫁了，最高兴的就是青姨。看着女儿挽起的发髻，穿着在当时比较流行的婚服，笑得很开心。青姨虽然也舍不得女儿，但男大当婚，女大当嫁，再不舍，女儿也得离开自己，去过自己的日子。

结婚那天，酒席在市里的一个大酒店举行，两家的亲朋，加上两个新人的朋友、同事，都参加了他们的婚礼。县委书记亲自为他们颁发了结婚证书。县长代表嘉宾讲了话，他说："百年修得同船渡，千年修得共枕眠。今天是个好日子，我们迎来了夏莲、袁泉的新婚大典。在此，我代表亲朋好友以及嘉宾，衷心地祝福二位新人喜结良缘。最后，希望你们在以后的日子里互敬互爱，工作上互相支持，孝敬老人，常回家看看。同时也别忘了，搞好计划生育。"县长一句幽默的祝福，引来满堂大笑。之后司仪请两家老人共同上台，接受祝福。

　　他们的新婚之夜，客人都走了之后，袁泉紧紧地拥着夏莲，深深地吻着她，从这天起，他们就要在一起生活，开启新的人生了。袁泉幸福地望着新婚妻子，第一次这么近距离地看她，发现她是那样的美，白嫩的脸庞染着羞涩，大大的眼睛眉目传情。他拥着她，幸福地闭上眼睛，喃喃地说："莲，得到你，是多么的不易呀！你知道吗，我这是'蓄谋已久'。记得你在大学校园里的一次演讲，是那样有条理，声音高亢。从那时起，我的心里就抹不去你的影子了。我暗暗发誓，你就是我下半辈子的幸福。毕业后，我被分配到陕北，而你却被分配到省城附近的县里。我想办法申请调到了这里。后来多次请你吃饭，有意接近你，可你总是不解风情。你是一位事业心极强的女性，要想得到你，必须用成绩来吸引你。于是，我努力工作，别人不愿做的工作我争着去做,我上尊敬领导,下团结同事,领导对我的努力工作非常赞赏。不到两年,我从正科升到了副处,成为市里最年轻的副处级干部。这时,我知道时机成熟,不能再拖了,否则,就会永远地失去你,这才向你伸出了橄榄枝,最终和你走到了一起。"

"原来你是蓄谋已久呀!"夏莲说。

"你以为呢!哈哈哈……"袁泉爽快地笑了起来。

就在夏莲结婚后不久,秋菊与郑雪峰结了婚。郑雪峰和她一样都是社来社去。当他们放下书包,丢下听诊器,重新回到稻麦清香的农村后,也曾感到无奈,感到前途渺茫。他们常常站在田野上,眺望山峦,心想:难道这就是我们的归宿吗?

秋菊与郑雪峰相距不远,那段时间,他们一起商量怎样在故乡闯出自己的一片天地。

除了每季抽几天时间种那点儿责任田,他们还贷了点儿款,在公社的镇上开了个诊所,为老乡们服务。这个诊所开始只有他们两个人,一间半小房,看些伤风感冒之类的小病。他们的态度好,服务质量高,而且药很便宜,口碑好,老乡们一传十,十传百,诊所的名气越来越大。慢慢的眼下的门面无法满足需求了,于是,他们就扩大了店面,取名杏林居,雇了几个卫校毕业的学生负责打针、挂号、记账,他们的事业一天天红火起来。

就在这时，冬梅也通过自身的努力考上了大学，成为那时的第一批大学生。这个二十出头的姑娘是当时县上的理科状元，考上了北京大学。为了表彰她，县教育局送来了一千元的奖励金。

引弟当了兵，成为高原上的首批女通信兵。这个姑娘从小就喜欢看《海燕》那幅画。画上画的是个女孩子在暴风雨中检查通信线路。现在她也走上了这条路。十六七岁的林峰、林瑜考上高中，在县里的中学上学。每到星期天，兄弟姐妹们就来到青姨的住处，和妈妈一起过周末。

时光慢慢地却津津有味地向前挪，又两年过去了，这天早上，广播电台忽然播送了某国与我国发生了冲突的新闻。即将高中毕业的林峰、林瑜两兄弟已经长成英俊的壮小伙，他们强烈要求当兵去保家卫国，并且在学校里悄悄报了名。直到穿上军装要走的时候，青姨和文林以及几位姐姐、姐夫才知道这件事。青姨已经五十六岁了，虽说身体还好，但毕竟是上了年纪的人，再则，她经历过很多坎坷，对儿女的感情更加浓烈。

那是个冬天的早晨，有点儿雾，白茫茫的一片，广播里播放着《我们走在大路上》的歌儿，青姨、文林、春兰、夏莲、秋菊等人一起送林峰和林瑜到县人民武装部集合。林峰和林瑜虽然表面上还是兴致勃勃的，但是真要离开日夜陪着他们的母亲，一直关心他们成长的叔叔、姐姐，心里还是酸酸的，眼里布满了泪水。冬梅在北京上学，无法回来，特意发来了一封电报，电报这样说：

两个弟弟，祝你们光荣参军，望你们在部队好好干，做一名名副其实的好军人。但不管走到哪里，别忘了咱们母亲的叮咛，别忘了姐姐们的祝福，希望你们保重，茁壮成长。

在送别宴上，夏莲当着一家人的面念起冬梅这封电报，姐姐们都含着泪，只有文林和青姨没有哭。青姨拉着儿子的手说："儿子呀，母亲把你俩养大，希望你们能有出息。现在你们当兵了，希望你俩在部队好好锻炼，当个好兵，为国家出力，为妈妈争气。"

在这分别的时候，文林给他俩每人一块上海手表，让他们遵守纪律，严于律己，不负青春。

引弟从昆仑山下的兵营里打来了电话，祝贺两位弟弟也走上了和自己一样的道路。她调皮地说："可能是受我的影响，你们俩也选择了和我一样的道路，这就是我引弟引出来的。"

新兵集合的哨子响起来，欢送新兵的军车马达发动起来，在这即将分别的时刻，林峰和林瑜突然一人拉起母亲的一只手哭了。他们对姐姐姐夫们说："姐姐、姐夫，我俩走了，母亲和叔叔老了，我们没法尽孝，请你们代我们照顾好母亲和叔叔。"这时几个姐姐、姐夫的眼泪都"唰"的一下流了下来,两个十七八岁的男孩似乎一下子长大了……汽车载着他们渐渐远去,回头看到亲人挥手的那一幕,眼泪又"哗"地流了下来。

一对儿子走了,也带走了母亲和叔叔的心。晚上夏莲和秋菊要陪母亲住一宿,以劝慰老人,但是被母亲回绝了。孩子们走后,家里只剩下文林和青姨的时候,青姨无声地流泪,这苦涩的泪水里,包含了多少情感,只有她最明白。

看到青姨流泪的样子,文林安慰她说:"青姐,孩子们一个个都翅膀硬了,会飞了。我们老啦,还是要自己保重身体。现在日子一天比一天好,我们要学会享受生活。"

青姨泪眼婆娑地说:"孩子们走上正道,我是高兴的。说实话,有的人想当兵还验不上身体,政审过不了关呢。这两个娃争气,没有让人劳神。"

夏莲当干部作风正派,大家都清楚。有一次,县委书记的小舅子在北苑饭店吃了两桌饭没有交钱,记在了县政府的账上。他以为凭着他姐夫的面子,这几百元钱算不了什么,县里谁还不给他姐夫的面子。这件事他也没有给姐姐、姐夫说。在年终结账时,工作人员把这笔账结了,可是在最后夏莲签字时,夏莲查出来了。她问结账的人:"这是怎么回事?"结账的人说是县委书记的小舅子吃的。夏莲拒绝签字,并亲自将这笔账拿到县委书记面前请示该怎么办。当时县委才下了文件,要严格控制招待费用,因此县委书记不能带头违规。县委书记从自己的口袋里掏了钱补了这个窟窿。夏莲让县里的宣传组将这件事写了篇通讯,登在市报头条上,题目是市报总编起的,叫《两桌饭与书记正气》,并加了短评"从饭看正气"。县委书记很高兴,几百元买来了荣誉,这个正气正说到了他心坎上,也成了市里对他政绩评价的一个依据。他觉得说不定这两篇报道会给自己换来一个升迁的机会,得来一片锦绣前程,这是无价的。他不但没有因此事耿耿于怀,难为夏莲,反倒对夏莲另眼相看,觉得这娃儿身上有一股正气,有魄力。

"还有这事?我怎么不知道。"

"不然,县里的同志们为什么叫夏主任'三个脑袋'呢!秋菊当年毕业返乡时,心里想不开,可现在她和郑雪峰的诊所已经成了全县的典型,钱也攒了十几万,这次还在县群英会上戴上了大红花呢。县里还准备让他们参加市里的私人企业座谈会呢,是咱县上两家私企代表之一。那一家你也知道,老杨预制场。这俩人真是歪打正着,正符合当前改革开放的政策。"

"孩子们长大了,我们也老了。春去秋来,花开花落,就是这样一天天、一年年地过,一代传一代,人类社会就是这样发展的嘛。"

青姨和文林聊着天,电视里正播送着中央电视台的《新闻联播》,中国又迎来了一个春天。

第十章

春天到了,这一年的春天来得特别晚,平时二月份开的迎春花竟然晚开了半个多月,快到三月初才露出了它黄灿灿的笑容。柳条还是早早地泛起了绿烟,早晚看时,那片柳树林里鹅黄色的嫩叶挂满枝头,在蓝天白云的衬托下,如同一幅绝美的水彩画。

林峰和林瑜已经到兵营两三个月了,除了一开始给家里去了一封信报了个平安,一直没有信儿。住在县政府家属院里的青姨每天按部就班地给文林备好上班的饭菜,可心却是吊着的,吃什么都不香,干什么都没劲。

一天,她在吃饭时问文林:"你说林峰和林瑜会不会碰到打仗?"

文林看过内参,知道最近边境不安宁,但他知道青姨对两个儿子特别爱护,怕她着急,不好直说,就说:"没听说有什么大的动静,我想不会吧!"

"我怎么看到县里的驻军昨天有一大队军车开向南方,

拉的都是大炮。"

这个县驻着一个炮兵旅,是某野战军的配属部队,这事文林心中明白。

"那是他们换防到南方哪个省去了吧,你看不是又有新的部队来了嘛!"

房子里挂着的三五牌钟表在"嗒嗒嗒"地走着,每到半点和整点自动响几下。青姨看着挂在墙上的钟,想着林峰和林瑜特别喜欢它,自挂上后,他俩每天都要站在钟前看着它走,听着它响,可是孩子们现在在哪里?妈妈想你们呀!

就在这天晚上,《新闻联播》里公布了我国对某国正式开战的消息,全国人民的心一下子提了起来。大街上不论是小商小贩,还是工人干部,都听着收音机、看着地图,谈论着战事。这时青姨的心里明白了,自己的娃儿上了战场,她的心提到了嗓子眼。

这天是个星期天,夏莲和丈夫专门回家来看望妈妈。他们给老两口带来了一堆礼物,主要是宽慰妈妈。作为姐姐,她和妈妈的心情是一样的,也时刻操心着在前线的弟弟们的安危。

夏莲对两位老人说:"妈妈、叔叔,你们放心,我们天天都关心着战事,也和你们一样关心着弟弟们的安全。他们不会有事的,要相信我们的国家!"

青姨说:"我也想通了,既然上了前线,那就听天由命吧，谁让他们是男儿呐，男儿就应该记着'马革裹尸还'的古训！他们有命就安安全全地回家，没命就埋在那里，哪里黄土不埋人呀！"

夏莲说："我们最近统计，仅我们县上前线的就有几百名战士，县里准备先一家家的慰问一次，还准备组织慰问团到前线去一次，现在正在请示军方办手续呢！"

"到军属家里慰问还可以，去前线就不合适了。你想想全国有两千四百多个县，每个县都组织慰问团，那前线司令部就别打仗了，光迎接你们都忙不过来。"青姨说。

半个多月后，在部队撤离的过程中，林峰遇难了。在县上当县办主任的夏莲是家里最先知道这个消息的人。当她接到全县遇难的十多个烈士的名单时，发现里面有弟弟的名字，一时就如同万箭穿心，一下子愣在那里，半天说不出话来。

她手下的干事们根本不知道主任的弟弟是烈士之一，还以为她得了什么病，赶快去叫来了副主任。副主任是位和夏莲共事多年的好哥们，他一看她手中拿着烈士名单就明白了。

他摆摆手，让两位女同志将夏莲扶到办公室休息，并对其他人说："前线传来咱们县的烈士名单，里面有主任的弟弟。她的两个弟弟都在前线呢！"

这时大家才明白了，再一翻烈士名单，果然有林峰的名字。

一会儿夏莲从办公室出来，给大家摆摆手说："我弟弟的事请大家保密，任何人都不要透露给我的母亲和叔叔。他们年纪大了，受不了这种打击，至于姐姐、妹妹，我会选择适当的时机告诉她们。"

也就在这一瞬间，林峰的三姐秋菊在产房里生下一对双胞胎儿子。

这天晚上，夏莲和丈夫商量了一下，将这件事通报给了春兰、秋菊、冬梅、引弟，并给林瑜写了封信，给大家统一了口径：消息给老人们慢慢透漏。

第二天，春兰两口子、夏莲两口子，还有郑雪峰一起去看望了青姨和文林。夏莲和春兰还对母亲说："林峰、林瑜打电话来了，他们已经回到了国内，挺安全的。这次战争他们毫发无伤，你们老两口该放心了。"

中国部队撤回国，但是边界上几个山头还在战斗，为了守住国家的每一寸土地，国内各大军区、各野战军都在前方轮战。

这年的五月底，当槐花吐香的时候，林峰生前所在部队一个班长将他的遗物和骨灰送了回来。这一次夏莲瞒不住了，因为按班长要求，必须见烈士的父母。

在做好充分准备后，夏莲带着这位班长，带着医生，还有春兰、秋菊一起来到了青姨家里。

青姨是个聪明人，一见部队班长戴着黑纱就明白是怎么回事了。这几个月几个姑娘纷纷表示两个弟弟很安全。林瑜已经上了军校,而且来了信,给她讲了军校的情况,但很少提林峰的事。当时她就怀疑出事了,现在她终于明白了,林峰牺牲了。

部队领导刚要开口,青姨挡住了话头,说:"娃呀,你别说了,你一来我就明白了。林峰他死的光荣,他死得其所。他从小就想马革裹尸还呢,如今他如愿了!"说完,青姨突然昏了过去。

其实这几个月没有收到林峰的来信,青姨已经有所觉察了。在这两个男孩中,林峰是比较聪明和孝顺的一个,过去在家时经常为母亲想这想那,可是忽的几个月不来信,聪明的青姨心中就觉得不好了,但是儿女们都不对她说真话,甚至还骗她,她心中隐隐有了感觉,想不到今天这个猜测成了现实。

大家将昏过去的青姨抬到床上。医生给她量了血压,输上营养液。

秋菊对部队领导说:"你们别误会,这是我们预料到的。我母亲将我们这些儿女养大不容易,她希望每个孩子都健健康康、平平安安的。但是她是个明白人,会想通的。你们放心,没事的。"

不大一会儿,青姨醒了过来,继续听班长讲林峰去世的经过。

班长说:"林峰是在撤退时为了掩护我而牺牲的,我们永远忘不了二月中旬的那一天早上,我们连队作为全团的后卫从山里撤出。那里山高林密,暗洞众多,山岚弥漫,有的洞里可驻扎一个连甚至半个团的兵力。在我们撤退过程中,虽然前边有坦克开道,而且大家都是全副武装,但是能见度不好,连队每走几步总会有几声冷枪。这枪声也不知道是从哪里打来的,不时就有战士倒下。林峰就是在这时中弹牺牲的。他牺牲后我们用火焰喷射器向打冷枪的方向一阵喷射,最后跑过去一看,果然有两具尸首,不知是军还是民。

"大妈,从现在起,我就是您的儿子,不光是我,我们班十一个战士已经在林峰牺牲的地方发过誓了,我们都是大娘的儿子,是姐姐们的弟弟。您放心,我一定会做个好儿子、好弟弟的!"

青姨握着班长的手说:"孩子,大妈相信你。请你转告全班的战士,大妈有时间了会去看你们的……"

第十一章

又是一个冬天,这年冬天特别冷,关中这地方最低温度达到了零下十五摄氏度,有的房屋的冰凌都结到了近两米长,是五十年未见过的天气现象。县城里的房子过去没有暖气,大家只有买电褥子临时凑合一下,有的人在私下里嚷嚷:"你看人家家属区哪家没有暖气。"

青姨和文林住在县委大院的家属区里,用着秋菊送来的两台电暖气,家里还有点儿暖和气儿。秋菊和郑雪峰已经从镇里搬到了县城,开了家私人医院。郑雪峰这几年刻苦钻研中风偏瘫的治疗方法,在这方面研究出了几味新药,疗效很好。她们贷款五十万元,在县城大街上租了几间门面,聘请了县里几位有名的老中西医大夫,还请了几个医学院刚毕业的学生做护士,合伙办起了杏林居医疗股份制公司。秋菊是董事长,郑雪峰是院长。这座医院虽然不大,但在诊断治疗、服务态度、收费等方面略有优势,对县医院产生了一定的影响,也使医疗竞争在这个几万人的县城中悄悄展开。县医院的服务态度好些了,霸气没有了,官气也弱了。郑雪峰他们医院不但繁荣了县里的经济，每月给县财政交上万元税款，还促进了良性竞争，因此县政府、卫生局很支持他们。

不久计划生育工作开展起来了，这时从部队转业的引弟被分到了县卫生局计划生育办。计划生育办是县卫生局下设的机构，也是在20世纪70年代中期才成立起来的新机构。那时这个任务还不算紧，但是明白国家大势的人都知道，中国人口正在以几何级数增加，从20世纪40年代的全国四万万人，到20世纪60年代的六万万人，到了20世纪70年代末，全国人口已突破十三亿，成为世界人口第一大国。所以国家越来越发现计划生育的重要性，把计划生育定为一定时期内国家的一项重要政策。

引弟在县计划生育办待了半年，这个二十岁出头的姑娘就厌烦了政府办公室的工作。这里除了主任是男性，其余大多是三四十岁的有一两个孩子的妇女，只有她一个人是从部队复员的女兵。当时这里的工作就是每天开会、催报表、打电话、汇总上报，要么就是到基层乡镇一级检查。这些坐办公室的女人没事了就是聊自己家的孩子和自己的老公，谁家的孩子学习好啦，考试考了多少分；谁家的老公能干啦，涨了工资；甚至有时候还会谈男女私事，全然不顾周围的人，惹得旁边这个未婚的姑娘阵阵脸红。

在部队当了五年通信兵的引弟岁数也不小了。

引弟是邻居大叔的五女儿，是在春兰、夏莲、秋菊、冬梅之后的又一个姑娘，她长得和四个姐姐几乎一样，个子一米六五，体重刚过百，也随了青姨的丰满，圆脸、杏眼、直鼻、小嘴。离开部队后，她穿上时尚的灰卡衫、凡立丁裤，走起路来抬头挺胸，步伐飞快，还保持着女兵的干练作风。在这人数不多的小县城里显出一种成熟女性的风韵，自然回头率很高。

引弟这人志向远大，专门找了主任张六虎提出想到下边去蹲点。她对张主任说："领导，我这段时间看报纸、研究文件，发现国家对计划生育问题越来越关注，正在研究新的管理办法。而落实这个政策主要在基层，关键是要将基层工作抓好才行。因此我想到下面某个乡镇蹲半年或一年的点儿，仔细研究基层的计划生育工作特点，设法找出管理好我们县计划生育工作的初步办法来。"

张主任说："好啊，引弟，你真和我想到一块儿去了！我这几天正在想这个问题，我想走，可是没办法，县里这一摊事靠我管，其他几个人，不是能力不行，就是娃太小走不开，我正发愁呢，你就找上门了，真是解了我的心头之难。你真和你姐夏莲主任一样，也长着三个脑袋呀！"

张六虎是个四十岁左右的中年同志，过去是一个乡里的书记，几年前县里成立这个机构，就调他来当主任，虽是平级调动，但毕竟是政府直属机关。他这个人虽然已经到了不惑之年，但干工作仍有思路，也有激情，很受领导的赏识。

"你想到哪个乡镇，有没有思路？"张主任问引弟。

"我还没想好。"

"我想了一下，要代表县里做调查研究，应该去最有代表性的乡镇。人口、财力、地势都应是中间状态，不能偏颇，既能反映县里发达地区的情况，也能反映县里贫困地区的情况，而且人数应是中等偏上的乡镇。我考虑是上王乡，这个乡在山根儿边、公路旁，有全县最大的上王镇，是个鸡叫一声听三县的地方。这里有工商业，有中学，也有方圆二三十里的山区，既有山区，也有平原，是个大镇，人口在两万左右，属于中等偏上的规模。不好的方面就是距县城有三十公里，交通不方便。还有一点，那里的计生专干生小孩去了，请了半年产假，你去了先给咱把工作顶起来。这个乡是我工作过十几年的地方，现在的那个王书记也是我亲手提拔的，工作有基础，我也可以帮你，就是那里的生活条件有点儿艰苦。"

"没事，我去。交通再不方便，总比青藏高原近吧！"

"哈哈哈，那倒是。"张主任笑了。

这个上王乡在县的东南部，在秦岭脚下。一边是峰峦叠嶂、青翠碧绿的秦岭，一边是汉中平原，安康谷地。再过去越过巴山就是重庆的丘陵地带和成都平原。东头连着豫鄂，西边就是甘肃、青海，向北是八百里秦川、华夏之都、山水之城西安。

上王乡有个上王镇，虽然偏僻，在全县的边沿，却是县境里的十大镇之一。这里有四条几里长的大街，几百家常驻商户，经营着秦岭南来的木头山货，贩卖到西安城里的京广百货。每三六九逢集，这里热闹非凡，人头攒动，卖小吃的、卖衣服的、搭货摊的撑起红红绿绿的货棚，各类货物应有尽有。

这个乡距县城四十多里，在20世纪70年代末80年代初通过一条简易公路连接，每天只有两三趟车，平时县里的工作人员来这里就是派车来。这天引弟在张主任的陪同下坐一辆吉普车来到上王镇，直奔镇政府。

张主任之前曾是上王镇的一把手，在这里工作过十几个年头。来之前，他打了个电话给王书记，王书记一听他以前的领导要来，早已召集了乡上的正副乡长、中学的校长、地段医院的院长、上王支行的行长等人，在镇里最有名的饭馆——红霞饭馆设宴等候。张主任和引弟的车一到，王书记立即招呼他们上了饭馆的二楼包间，里面的一张可以坐十多人的大圆桌已经摆满酒菜，专等他们就座。

计生办主任和引弟一上二楼，王书记一群人就笑着迎了上来："老领导，欢迎光临！"大家一个劲地逢迎张主任，将引弟晾在了一旁。

计生办的张主任忙拉过王书记说："小王书记，你们闹啥呢，你们是欢迎引弟同志来蹲点呢还是欢迎我呢？不要将主题弄错了！"

引弟忙说："张主任不能这样说，你们是师徒情深，我只是搭个顺风车而已，王书记您别介意。"王书记此时已经是满脸尴尬。

客主就座，酒过三巡，大家的话匣子才打开，这时进来个脸似满月,发如瀑布,身材高挑,着一身桃红色连衣裙的三十多岁的女人。女人一进门就喊道:"哟,张主任,你回来了也不给我打个招呼。我找他有话说!"说着走到张主任的座位后边将他一拉说:"你给我回家看看你那宝贝儿子,他不好好上学,要上县城找你呐!"

张主任没理她。王书记拉了女人一下说:"红霞老板,不要太放肆,今天有客人,不要让主任下不了台。"其他几个人都笑了。

引弟这才知道她就是红霞饭馆的老板,可是她为什么对张主任这个态度,她们这是什么关系?

这时那位叫红霞的女人站了起来,看见了引弟,"嗷"了一声,"我说么,怪不得,张主任身边还有位这么漂亮的美女呢,早看不上我这老婆娘了。难怪我去了几次县城你都没理我,今天在这儿吃饭也不通知我。"说完"腾腾腾"地下楼去了。

饭桌上的几位领导都有点儿尴尬,酒席不欢而散。

就在引弟初到上王乡感到满脑狐疑时,她的四姐冬梅通过了托福考试,成为一名北大优秀的毕业生。那是20世纪70年代末80年代初,中国社会处在激烈的变革中。中华大地又迎来了科学的春天,大学毕业生要在科学技术上为祖国出力献策。有不少人想到了出国留学,冬梅也是这其中的一分子。她想到英国去,学习英国的生物科学,以后回国更好地报效国家。

想到英国留学，必须学好英语，为此她请了特拉帮她提高口语水平。这个男孩是英国人，当时在北大留学，学习中国历史。

特拉一米八八的个子，体重一百八十斤，满脸胡须，比冬梅小三岁。她和他在一起互帮互学，她教他中文，他教她英文。

在北大未名湖畔，冬梅每周二四六晚上和特拉一起练习口语。双方都拿出了最大的耐心，从最基础的一字一句教起。在一个初夏的晚上，两个人正学得起劲，突然天空中电闪雷鸣，下起了大雨，两个人一下子被淋成了落汤鸡。那是夏天，冬梅穿得很单薄，上身只穿了一件无袖紧身短衫，下身只穿了件短裙。雨水将衣服打湿了，衣服紧贴在了她的身上。那皮肤白皙的瓜子脸，挺拔的鼻子，囫囵大耳，玉雕成的脖子，丰硕的胸脯，在雨中显出淋漓尽致的美，仿佛是一尊精雕细刻的精美绝伦的玉雕像。特拉看呆了，就在那一瞬间，他忘情地抱住了冬梅……

大雨中，周围已经全无人迹，冬梅还是感到了一阵难为情，她一边拨着特拉的手一边说："特拉，别这样，我们只是同学。"

但是特拉紧紧地抱着她，有力的大手在冬梅的身上游走，好大一会儿才慢慢地松开了手，站直了身子，用生硬的汉语说："冬……冬梅……我喜欢你，在我们那里，男女青年互相喜欢，不仅可以拥抱，而且可以接吻呢，这……这是青年人的自由，难道中国的家长还会干涉？"

冬梅说："各国有各国的法律和风俗，中国是一个有着几千年传统文化的文明古国，如果男女相爱结婚，必须要经过家长的同意后再到政府机关登记领结婚证，这样他们的婚姻才是合法的、有效的。在中国，实行的是一夫一妻制，除了夫妻之间，男女是不能随便和异性发生关系的，这就是我们中国人必须讲的道德。"

冬梅在北京大学经历了四年的本科和两年多的硕士学习，这位只顾学习的女生对男女之情知之甚少，她的心一直在数理化中遨游。

记得高一时，她的胸部疼痛，她专门去医院看医生，那位女医生看了看笑出了声，用笔头敲了敲她的脑袋说："你真是念书念呆了，这是你的乳腺在发育呢！放到以前你这岁数都该是个孩子妈妈了！"后来她读了点儿讲女子青春期的书，才对自己的身体有了一点儿了解。

那天在雨中，当特拉抱住她时，她一时不知所措。特拉的大手不停地在她身上摩挲，她推不开。其实就在那几分钟，她的身上血液奔腾，脸上发烫，全身战栗，腿甚至不由自主地发软，她控制不了自己，虽然她的心在反对，在拒绝，但是她的手不自觉地环绕过去，搂住了特拉那高大的身躯，身体也迎了过去，任他抚摸。

她弄不清楚这到底是怎么了，后来一翻书才知道这是成熟女性的自然反应。她已是二十五岁的大姑娘了，对第一次的亲密接触有一种自然向往。在相拥中特拉那只不安分的右手搭在了她的胸前，她也弄不明白，为什么她的心灵就像触电似的想立即闪开，但她的身体却像着魔似的粘在那只手上。那男人特有的气息和力量使她感到既新鲜又幸福。那天她回到宿舍后，静静地躺在床上，这种感觉还在心头荡漾……

冬梅想起了自己的老妈青姨的一生，她的婚姻，自己老实本分的父亲，有文化却又命运坎坷的文林叔，还有大姐春兰、二姐夏莲、三姐秋菊三个人的婚姻，大都不是那么顺顺畅畅，多少都有点儿起起伏伏，只有秋菊两口子是同舟共济、共同创业，医院还开得很不错。夏莲是本科毕业，是姊妹中除了自己文化程度最高的人，虽然姐夫在市里早当上了处长，但由于两个人两地分居，只有每个周六才可欢聚，三十岁了才怀上孩子。

记得上次暑假时，那天逢姊妹五个都在家，大家谈起了各自的婚姻生活。姊妹们有点儿担心，提醒夏莲："你要注意，现在局长身边的漂亮女人很多，你一不小心就会被取而代之。"

身怀有孕的二姐扭过身来，微微一笑，指指自己已经隆起的肚子说："我倒无所谓，但是他的这个娃不答应。现在每个周末他都回来，趴在我肚子上对孩子讲话，那个傻样儿，看的我都想笑……"

秋菊说："孩子是爱情的结晶，看来姐夫真的是爱孩子的好爸爸！"

大姐春兰的儿子已经上了小学，她也进入了干事业的旺盛期。她现在感情转到了工作上，只盼着儿子好好上学，有个好成绩,其他事情都无所谓。大姐说:"我们现在一回家首先是问儿子的学习成绩,然后就是考虑买房,至于夫妻之事,可有可无了,有时,你姐夫也想……我都没有心情陪他。咱日子都过得不如人,还想那事干啥!"

夏莲说:"大姐呀,你年龄也不大呀,别把姐夫晾在一边,让其他女人乘虚而入,到那时,你哭都来不及了。"

春兰鼻子一哼,道:"他那个穷酸样,有谁要他!"

"现在社会开放了,只要给钱,会有人陪他!"五妹引弟说完,大家一阵大笑。

几个姊妹这时把矛头指向了老四和老五。三姐说:"老四,你读书读傻了?咋还不找对象?还有老五,穿了几年绿军装,可是你别忘了你还是个女人,赶快找个归宿吧!"

她俩只有唯唯诺诺,不敢吭声。她们知道姐姐们这是关心她们。

晚上冬梅静静地躺在床上,想起了在家中的那次闲聊,姐姐们的影子又在她的眼前出现,她第一次认真考虑起自己的未来。她马上就要毕业了,托福考试也通过了,毕业了怎么办?是先就业,还是继续读博?读博是在国内读还是去国外读?去国外读如果考公费还好说,自费的话谁出钱?不能再向母亲和姐姐们要钱了,要不,找特拉,那样在国外也就有了个落脚点……

她犹豫起来,特拉是英国人呐,那里的风俗习惯和中国完全不一样。再说,咱这小县城也没几个姑娘嫁给外国人的。可是,有一个念头在她心头升起:"世界上总得有第一个吃螃蟹的人,特拉年轻,对自己又情有独钟,自己对他也充满好感,自己为何不敢向前迈一步呢?"

再说申请到上王乡工作的引弟,那天的宴会草草结束后,张主任当天就打道回府了。引弟在王书记的带领下来到了乡政府。乡政府是个十亩大的院子,里边树木参天,最里边有一栋四层高的楼房,是办公楼兼宿舍楼。她的宿舍是四楼中间一间二十多平方米的套房,外屋是一个单人沙发,一个写字台加一把椅子,写字台上装有电话,还有一个铁制脸盆架。里屋是一张单人床,一对床头柜,一个书柜和一个衣橱。

王书记说:"这座楼平时人多,但到了节假日就没人了,你如果节假日不回去就一定要关好门窗,把门反锁好,别忘了你是个年轻姑娘。"

引弟说:"谢谢王书记,这里比我们局里的条件还好。"

王书记说:"一般一般,基层乡镇大都这样,每个干部各管一摊事。这屋子外间是办公室,十个八个人的小型会议也可以在这里开,里间是宿舍。你这几天先跟主管计生的姚副书记跑上一段时间,熟悉熟悉各村的书记和村主任,还有主管计划生育的妇女主任,跟大家熟悉了之后再说其他事。"

"是这样,张主任不是说咱乡的计生专干请假了吗,这段时间计生工作没人抓,工作不能耽误呀,请王书记转告姚副主任,我明天就开始到各村跑情况,可以吗?"

"这么着急？有军人的作风。"

"你不知道，我当过兵，本来就是个军人。我在青藏高原当了五年通信兵，长期在海拔五千米的三江源地区值班，才转业半年。我干事不爱拖拖拉拉。"

"好，有军人的气质。"王书记赞赏地说。

第二天，乡上主管计生的姚副主任领着她跑了乡里的十多个村，直到这时她才知道这个乡有多大，东西二十里，南北三十里，而且最南边的村子还在大山深处。乡里只有一条贯通东西的省道，南北三十里是乡间小路，只能骑自行车，走起来很费劲。

在这十多个村里，有的大村有两三千人，有的小村有一二百人，还有些自然村只有十户八户。一些村庄村民居住零散，这里三户，那里五户，每一个庄子也就十人八人，甚至有的庄子只有三五人，一个行政村走个来回二三十里远，有的行政村主任甚至都不太了解下边每一户的情况。

第十二章

　　春兰和栓娃的孩子已经十岁了,这个叫改革的孩子已经是三年级的学生了,在学校里是连年的"三好学生"。文林、青姨看在眼里,喜在心头。春兰两口子都是工薪族,每人每月几十元钱的工资,虽然不富裕,但有母亲帮忙看小孩不用花钱,公公有时还给家里填补一点儿,小日子还过得去。

　　孩子大了,不用父母太过操心,春兰上进心又很强,教学很用功,不久当上了县中心小学的副校长,主管全校二十多个班的教学工作。这个学校的教学质量一直是县里最好的,在市里也是前几名。

　　半年后,老校长到了退休年龄。老校长退休交班时,握着春兰的手说:"春兰呀,我在这里干了三十多年,咱们学校的教学质量一直没有垮。我老了,希望你好好干,我相信你能干好,保持我校的光荣传统。"

　　春兰握着老校长的手说:"校长您放心,即使挣死牛,也不会让车翻。我会高举您这面旗帜，发扬我校的优良传统，保证教学质量不掉队。"

这所县中心小学建校有相当长的历史，相传还是新中国成立时分县时修的。原来这个县在西安城内，但20世纪40年代初，西安成了所谓的特别市，县城搬到距市中心七八公里的镇上，这里成了新县城，随之建起了这所占地十五亩的县中心小学。

中心小学在一座塬上，面东朝西。整个校园由三个部分组成。第一部分是占地五六亩的大操场，设有篮球场、活动器械、足球场、排球场、主席台等。第二部分是两座教学楼，各有五层，共二十多个教室，还有教研室。第三部分是校园中间的花园，花园里栽有各种花卉，春天的玫瑰、夏天的牡丹、秋天的菊花、冬天的蜡梅，一年四季花香四溢，争奇斗艳。最里面是三间教导处、一排教师宿舍、几间食堂和开水灶等。整个校园布局合理，老师善教，学生好学，教室里不断传出朗朗的读书声，展现出团结紧张、严肃活泼的学习氛围。

春兰为了落实老校长的嘱咐，每月进行教学观摩，两个月进行一次教案和讲课比赛，一周几次在下面轮流听课，监督讲评。每年还有春秋两次运动会。作为校长，她不但要面对学校的各项管理工作，教学任务还特别繁重，还要应对教育局的各种会议。这些事务都被她安排得井井有条，将她的才能发挥得淋漓尽致。

教务主任是个比她年轻的女老师，但最近临盆，回家生小孩去了。所以，学校的事务都压在她一个人身上，没有人为她分担。她深感担子很重，压力很大。所以，她将家里的一切都抛在了脑后，每天回家草草地做点儿家常便饭和栓娃一吃完，一撂碗，栓娃上班，她又得去学校，晚上忙到十点多才回家。这期间，她将学校实施了几十年的教学制度重新进行了修订。每天晚上回家她都累得浑身散了架似的，一上床就呼呼大睡。

再说栓娃也才是四十岁左右的男人。他是个钳工，除了干好工作，没别的爱好。但他也有自己的精神需求。每当他有男性需求时，还像过去一样搂住春兰，可是得到的只有"讨厌"两个字，再想干什么，春兰已经呼呼大睡了。这让他情趣全无，感到索然无味。渐渐的，栓娃也开始淡出了夫妻生活，不再渴求。此时，春兰一如既往地努力工作，忘记了家，忘记了丈夫。

冰冷的家庭生活，一次次被妻子冷落，让栓娃伤透了心。迷茫、痛苦交织在一起，让他的道德防线一下子坍塌，心里也萌生了一种前所未有的欲望，心想：你不给我爱，难道我找不到吗？

这段时间县机械厂由于产品缺乏新意，市场竞争力弱，产品大量积压、滞销，已处于半瘫痪状态。

又过了半年，厂里的情况越来越糟糕，没有钱给工人发工资，厂长急得像热锅上的蚂蚁，团团乱转。找到银行，银行不但不给贷款,还把厂长数落一番道:"你们厂经营无方,产品老化,产品积压、滞销情况严重,像这样发展下去,只有申报破产。你们还欠银行上百万呢,我们怎么可能再给你们贷款呢!"

这时国家出台了关、停、并、转的政策,厂里宣布破产,数百名工人全部下岗。

厂里给下岗工人两种处理方法:一是买断工龄,一次性发给两三万元的支助金,工人自谋生路,自己每月交养老金直到退休;二是每月只发生活费,自己找活干,养老金由厂里交,到退休年龄后,再按退休工资算。栓娃没有下岗,被安排在工厂留守处看门,虽无所事事,但工资照发。

再说秋菊和郑雪峰夫妇一起在县城里办的杏林居由于收费低廉、服务态度好、医疗水平高,备受患者推崇,两年之后收益竟超过了县医院,给国家纳的税也比县医院多。群众夸,县里奖,杏林居在市里成了先进民营企业。这时候杏林居的规模也从原先的几间门面变为一栋大楼,这栋大楼是用县里银行给贷的三百万元专门用于支持民营企业的款建的,由于工作成绩突出,秋菊也成了县政协委员。

大楼落成了,秋菊和郑雪峰开始招聘人才。他们提出了量才使用,薪水与德、能、勤、绩成正比,只要你有专业,能吃苦,一定会在这里有用武之地,而且薪资水平一流,人人羡慕。

　　常言道:竖起招兵旗,自有吃粮人。不久,县里和市里几位人们公认的高水平大夫,舍弃了国有大医院的工作,来到杏林居任起专科医生。这些全市公认的好大夫到了哪里,就是哪里的财富,很快带来了一大批患者。杏林居附近的第三产业也红火起来。县里为了满足其他地方的患者来看病,专门加开了从县城到市里的班车,为患者提供方便。

　　一切步入正轨后,秋菊觉得自己的技艺也该提高了,再这样下去,过不了多久,自己就会被淘汰。于是,她联系到北京某医学院去进修半年,主要学习最新的医学知识。秋菊走的时候将小孩托付给母亲。秋菊的双胞胎儿子已经两岁了,爱蹦爱跳,正是疯玩儿的年龄。为了女儿的事业,青姨和文林二话没说当起了"幼儿园园长",同时也管起了郑雪峰的吃饭问题。

　　郑雪峰是杏林居的院长,办公室里配了个才从医科大学毕业的女秘书,叫林昕。她一米七的个儿,身材高挑,凹凸有致,白皙的脸上长着一双会说话的大眼睛,说起话来细声慢语,柔情似水,办起事来雷厉风行,深得郑院长的青睐。虽然她的岗位是坐在院长办公室的外边为院长挡驾或接待访客,但是这个有心眼的姑娘每天总是早来一步,为院长打扫办公室、沏茶。有时候,院长没有及时洗衣服,这姑娘也悄悄地将该洗的衣服拿回家洗干净了再悄悄送来。

有几次，郑雪峰看见了就一本正经地说："你不要做这些事，这是我的私事，是我该做的。虽然我是院长，但也不能经常麻烦你。"

林昕羞涩地说："郑院长，您别误会，我是您的秘书，也是您的学生。您治疗偏瘫在全市都很有名，我想跟您学。您是老师，我是学生，为您干点儿杂务没什么，您想的太多了。"

"哦，那太麻烦你了！"郑雪峰淡淡地说。

林昕又说："院长，董事长不在，您身边没有个内当家，我闲了给您帮帮忙，洗洗衣服、打扫卫生这都很正常。您以后有事就叫我，谁叫我是您的秘书呢！"

"想学习知识可以，但家务事免谈。再说，家务和孩子都有人管，也不需要我操心。"

林昕仿佛没有听到院长在说什么，依然说："董事长能为您做的，我也能为您做，只要您需要。"

"不需要了，干好你自己的本职工作，就是你对我工作的最大支持。"说完，郑雪峰下了逐客令："快去忙工作吧！"

林昕望着院长，目光里充满了说不清道不明的东西。但郑雪峰已经坐在办公桌前，开始埋头工作了。

片刻，林昕才悄悄开门出去。

再说秋菊在北京某医学院学习时，遇到了同校毕业的同学刘元。刘元先是在家乡开了几年诊所，积累了一些资金后考上了某医学院的研究生，毕业后留校任教已经好几年了。他在这里找了个北京巴士售票员成了家，并有个活泼可爱的儿子。这个学院距秋菊进修的医学院不太远，刘元从家乡同学的来信中得知秋菊在这里进修的消息，于是，一天下课后专门找到了她住的宾馆。

那天是个周末，秋菊下课后吃过晚饭，在房间里冲了个澡，然后穿着睡衣躺在床上，一边看电视，一边给郑雪峰打电话。这是他们夫妇约好的，没有特殊情况，每天吃过晚饭互相打个电话，说说话。

秋菊离家已经四十多天了，对于这个结婚后一直和丈夫并肩奋斗的女人来说，每逢周末都是难熬的日子，她总回忆起在家里的美好时光。小诊所里平时都很忙，夫妻间几乎没有闲暇的时间在一起。但是每到周末，郑雪峰总是亲自下厨，为她做几道拿手好菜，一家四口在一起吃个晚饭，喝点儿红酒，增添了许多情趣。饭后洗漱完毕，上床歇息之时，他总是体贴入微地为她做全身按摩。她腰椎不好，劳累过度，经常疼痛。经他按摩，她就像卸下了千金枷锁，舒服至极。然后两个人在柔美的灯光下，在属于他们的世界里尽情享受。此时，在这千里之外的地方，没有丈夫的爱怜，她心里满是惆怅，更觉孤独凄凉。

可是今天怪了，她想和老公说几句话，问问小孩的情况，可郑雪峰的电话就是拨不通。她有点儿担心，担心什么呢,她也说不上来,一丝不祥的预感从心头略过。

就在这时,她房间的门铃响起了悦耳的机械女声:"客人来了,请开门!客人来了,请开门!"秋菊的心"咯噔"一下,心里寻思,这千里之外的北京有谁会来找她。她一边穿衣服,一边问:"请问找谁?"

"老同学刘元!"门外传来一个浑厚而又熟悉的声音,却是陌生的京腔。

"真是你吗,刘元?"秋菊有点儿怀疑地问。

秋菊说着随手拉开了门,刘元闪身进门。他中等偏上的身高,穿着一件蓝格子短袖,一条白色的裤子,一双发亮的黑皮鞋。白白净净的脸上架着一副玳瑁眼镜,梳整得光滑的黑发打着发蜡,一看就是知识分子的模样。

在刘元的眼里,穿着红色裙装的秋菊比过去更丰腴漂亮了,那黑色的长发像瀑布般披在肩上,凝脂般的白皙玉润的粉脸,个子虽然不高,但成熟女性的那种风韵依然迷人。说实话,秋菊在医专时就是他一直追求的对象,但那时秋菊一门心思在学习,根本没有注意他,让他错失良机。快毕业时那次爬华山,他因家中有事没有去成,却让郑雪峰占了先。刘元一直为此事耿耿于怀、懊悔万分。他觉得这也许就是上苍的安排,命运注定他们不能在一起。可是,天赐良机,今天他心中的女神来了。当从朋友处知道秋菊到了北京的消息时,他真是喜出望外,看来老天是眷顾他的……

秋菊说:"几年不见,你真成北京人了,穿着西服,操着京腔,真儒雅啊!"

秋菊一边让座沏茶,一边不解地问:"老同学,你怎么知道我在这里住呀?"

刘元坐在藤椅上,一边喝茶,一边用欣赏的目光打量着秋菊说:"再儒雅也比不上你呀!你看你现在事业搞得风生水起的。你可一直是我关注的对象啊!"

"关注什么呀,我来北京都一个多月了,你才来看我,还说关注我呢!"秋菊调侃道。

刘元说:"早就听同学说你来了,只是我工作太忙了,加上有个小子,忙得一塌糊涂。今天调休,才得空来看你,请老同学见谅。"

秋菊笑笑说:"完全理解老同学的难处。这里毕竟是大都市,不像我们小县城,一眨眼的工夫,整个县城都转完了。今天你能来看我,我是受宠若惊呀!老同学厉害,闯到北京了,不像我们,还在小县城奔波。"

刘元长叹一声道:"厉害什么呀,你以为北京就那么好混吗?最近不是有一句顺口溜很火嘛,在北京,一头挑着博士生,一头挑着研究生,像我这学历,要想在北京混出个人模狗样,难呀。所以,除了努力工作,我还要不断地提升自己,要不迟早会被淘汰,流落街头。要不,你来这么些日子了,我都没时间来看你。请老同学谅解。"

刘元喝口茶对秋菊说:"今天为了赔罪,我请你吃咱北京的烤鸭，希望老同学赏脸。"

"今天就免了，我还有点儿事情，等有空了我来请你吧！"秋菊面露难色地说。其实，秋菊今天没有联系上郑雪峰，心里隐隐感到不安，不是她不信任丈夫，而是这社会太复杂了。所以，她无论如何，今天都要和丈夫通话。所以，她也顾不得刘元的面子如何，婉言谢绝了。

这时，刘元的呼机突然"吱吱吱"响了。他打开一看，是媳妇在呼自己。征得秋菊的同意后，他用宾馆的电话回过去。只听他媳妇说："赶快去学校，老师打来电话说孩子呕吐不止，必须马上送医院。"

刘元一听心里"咯噔"一声，说："孩子病了，我必须马上去幼儿园，我得送孩子去医院。"

刘元抱歉地对秋菊说："下次请你吃饭吧，我们再好好聊。"

秋菊说："快去吧，孩子看病要紧。"

刘元拿起包，匆匆忙忙地走出了宾馆。

第十三章

　　冬梅还在北京大学读书，她已经考过了托福。国家准备公派她到英国某学院去读生物科学。这是冬梅求之不得的事。那天雨中的事儿令她想了好几天，终于慢慢地转化为过去，成为历史。她又开始重复每天对着朝阳练语法，对着明月背单词的生活。

　　到了这年的八月，英方终于来了通知，秋天开学。冬梅办了护照，办理好了学校的一切手续，在临出发前一个月，她想回趟家，看看母亲和姐妹。这一分别，又是几年不能见面，顿时，那份淡淡的情愫溢满内心。

　　冬梅这时候已经二十五岁了，还是孤身一人。虽然特拉对她有点儿意思，但我国公派留学生有规定：要求最好找中国人结婚，就是找外国人也最好可以移居国内。冬梅曾想过这个问题，但是她知道特拉是独生子，觉得他不可能离开英国，就没敢开口。后来在未名湖畔相互学习的日子里，特拉虽然再也没有过激的行动，但是出于女性的第六感，冬梅知道，特拉还是爱着自己，从每次相遇时他的眼神中，她感觉到了这一点。她决定将要去英国某学院上学的消息告诉他，同时向他告个别。

这天是八月中秋，也是冬梅和特拉在未名湖畔相互学习的日子，冬梅打算这天向特拉辞别。这天她穿了件白底碎花的软缎连衣裙，特意用电梳子拉直了披肩长发，还画了个淡妆，穿上了一双白色高跟皮鞋，更显得亭亭玉立。她来到未名湖畔，在那绿丛丛的小叶黄杨、燕山青石以及毛针草筑成的假山下的小道上，在那棵树冠特别大的合欢树旁，看见特拉已经到了。特拉比她来得还早，穿得很整齐，一套藏青色的西装很笔挺，一条红色的领带系在胸前，他似乎知道她要离开了。

"张小姐，你好！"他操着生硬的汉语招呼她。

"Good evening，Mr TeLa。"冬梅回应。

这个小沙龙就在未名湖的林荫中、树荫下、假山上，秋夜他们陪着明月，夏晨他们浴着爽风，度过了一个个春夏秋冬，两个人几乎没有迟到过。不知道的人还以为他们是恋人。

这么长时间一个中国女学生和一个英国小伙黏在一起，一些不理解的人投来各种各样的目光，冬梅是明白的，毕竟自己是所谓的"剩女"一族。这一次见面就是他们最后的诀别了。虽然还是这样的清风、明月、湖泊、假山，可这里的一切，都将成为一场回忆。

他俩坐在合欢树下的石凳上，中间相距十多厘米，似乎闻得见对方身上的气味，甚至听得见对方的呼吸声。

今天，特拉给冬梅教英语中的家常对话，冬梅给特拉讲中国的婚姻史。当特拉给冬梅讲完英语后，冬梅开始给他讲中国婚姻史。冬梅从封建社会时的媒妁之言，父母之命，送大贴、迎娶、耍房、入洞房，讲到婚姻自主，恋爱结婚。

这时候月亮已经快到中天，冬梅说："特拉，我明天就走了，我先回老家待一个月，然后就到英国上学去了，是到你的故乡。"

"啊，你……你要走啦？我们这个沙龙……就这样结束了？冬梅女士，你是我在中国最好的朋友，我喜欢你。我父母就在……那个学院当老师，你去了住……我家吧！"

冬梅只知道特拉是英国人，从来不知道他的父母在那个学院。她愣住了，没有回答。

"怎么，你不愿意？其实我父母……都是生物学专业的知名教授。我是他们的独子，你去了就住……我的房间，可以吗，我家人可以做……你在英国的保证人，这个我去办。"

"我是国家公派的，学习完后还要回中国，有中国大使馆做保证，不用自己找。"

"那就用不着我家了……你去了我家还……可以给你提供方便，这总可以吧。"特拉说。

"那是可以的。"

"秋天你走的时候我来送你,我怎么觉得我……我有点儿离不开你啦!"

"别这样,你是英国人,有那么好的家庭。我是中国姑娘,暂时去英国学习几年,最后还要回中国,为我的国家服务,我爱我的祖国!"

"我给你说我是真的喜欢你,我二十三岁了第一次喜欢一个姑……姑娘就是您。我愿意跟着你去天南海北。你以后要回祖国,那我就跟着你一起,我留在中国。你不知道,我家祖辈其实不是英国人,是……以色列人,在二战时期我们家最困难的时候,中国人救过我的祖辈,所以我们一家人都爱中国,我更爱中国这个古老而又年轻的国家。我愿意为我们共同热爱……的中国服务一辈子!"

"你说的是真心话吗,特拉?"冬梅问道。

"是真心话,我可以对主发誓。"说着,特拉举起右手庄重地说:"主在上,我特拉……对您发誓:我喜欢冬梅,一辈子……决不变心,愿意同冬梅……同呼吸共患难,为我们的爱情……奉献一生。"

这时,天上的月亮已到中天,金色的月光透过合欢树叶洒满了大地,也照耀在冬梅和特拉的身上,他们拥在了一起……

第二天,冬梅从北京回到了故乡,坐在床边上告诉了母亲她要去英国学习的消息。母亲一听女儿要去那么远的地方，几年怕都回不了家，眼圈一红，眼泪"吧嗒吧嗒"掉了下来。她把冬梅搂在怀里说："女儿啊，你父亲去世那么多年了，我把你们一个个拉扯大了，你们这些鹰都飞了，妈希望你们飞得越来越高。但是树高千丈，落叶归根，你就是走到天涯海角，也别忘了这里是你的故乡，中国是你的根。"

"妈，您放心，我永远是您的乖女儿，我就是飞到九重天上，心也永远在这里。"

"姑娘呀，你都这么大了，也该成家了。妈像你这么大时已经有两个孩子了。"

"妈妈，我给您说过，有个以色列的小伙子特拉很喜欢我，他也在北大上学。"

"找外国人合适吗？"青姨疑惑地望着冬梅。

"他说以后会留在中国。"

"他们家的生活习惯你能适应？"

"他来中国就应该遵守我们的习惯，您放心。"

"孩子，当妈的总害怕你吃亏，你知道吗？"

"我明白您的心，但您放心，我已经长大了，做事会三思而行的。"

却说引弟在这上王乡已待了四十多天。这段时间，她和那位副主任跑遍了乡里的村村社社、沟沟坎坎，听到见到了一连串的事情，这些都是她在书本上从未见过的东西，使她多了积累、长了见识。

又到周日了,她没有回家。乡里大部分干部都回家过周末去了,在大灶吃饭的就剩下她一个人了。大师傅是个四十多岁的中年人,胖胖的身材,白净的脸庞,大大的眼睛显得很机灵。他对引弟说:"小张,明天我休息,没人给你做饭吃了,你就在红霞饭馆吃饭吧,账让她记下,以后乡里和招待费一起付,你就别管了。"

引弟说:"不用,我自己吃饭干吗要让公家掏钱,这样不好。"

大师傅说:"没啥,红霞饭馆就是咱招待县市领导的定点饭馆,就按我说的办就行。"

引弟张口刚说出"红霞"两个字,却欲言又止。大师傅是个聪明人,知道引弟想问啥,便说:"你想问啥就尽管问,这乡里大大小小的事情我都知道。"

引弟便说:"红霞老板一定是个女强人吧,精明能干,也很泼辣。"引弟这样说,一方面是为了保护自己,以免引来是非,另一方面也想探探虚实,看红霞到底是个怎样的人。自从那天在饭馆见到红霞的所作所为,她对此人的印象就已经打了折扣。她深感红霞是个有故事、不安分的女人。但仅凭一次接触就给人家下定义,是不公平的。刚好,今天话题转到这里,她就顺便打听打听,在以后的交往中,也好注意一下分寸。

大师傅用鼻子哼了一下,说:"她呀,是个不简单的女人，手段极多。这些事情你知道就行了，别往外传。"大师傅告诫引弟。

引弟说："我是军人出身，什么话该说，什么话不该说，我是知道的。"

大师傅说："先前的书记在位时，她一点儿都不顾影响，有事没事总是找张书记。没过多久，乡上就有了风言风语。有些话说得更难听，说两个人经常约会。恰巧过了不久，乡上将招待市县领导的地方定在了红霞饭馆。这几年下来，明的、暗的，招待费数额可观。这张书记调走了，她摇身一变，又和现在的领导打得火热。你说，这样的女人能好到哪里去！"

"那她现在和张书记关系咋样？"引弟这样问，是有原因的。那天红霞的过激行为，让引弟特别好奇。

"她当然知道张书记虽然调走了，但还是县直机关的领导，对她来说，有的地方还是能说上话的。"大师傅用轻蔑的口吻说。

那她为什么在饭馆一点儿情面都不给张局长留呢？于是，引弟把那天在饭馆发生的事情一五一十地告诉了大师傅。

"哈哈，你还不明白吗？估计是看到张书记领着你吃饭，吃醋了呗。"

"啊！原来如此。"引弟继而愤愤地说，"她把别人想的都和她一样，真是无中生有。"

晚上，引弟没有去红霞饭馆，随便在街上小餐馆吃了点儿便饭，在街上转了转就回到了住处。她给母亲打了个电话。母亲现在五十多了，但身体还很硬朗，每天带着夏莲和秋菊的孩子，送春兰和栓娃的儿子上学，给文林叔做饭，还不误到广场上锻炼身体。母亲还是那样勤劳，什么事儿都要自己亲自动手才放心。

母亲拿起电话，"哦，引弟，你不回来了？我刚才还说呢。老妈可提醒你，你已经不是军人了，那里也不是军营，你是未出阁的大姑娘，要注意安全，知道吧！"

引弟说："妈，我知道。我都在外边儿多少年了，已经不是小孩子了。"

"你在妈跟前永远都是孩子。"母亲在电话那边嘟囔了一句。终于放下了电话，引弟仿佛看见了母亲那生气的样子。

已经十一点多了，引弟有点儿睡意蒙眬。她习惯地关上门，反锁好。已是盛夏，天气闷热，她打开窗户，豁然一阵清风吹进来，空气一下清爽了不少。

引弟上了床，拿起枕边的书籍翻了翻，看不下去，便瞪大眼睛呆呆地望着天花板。她心里清楚，二十大几岁的她也该恋爱结婚了。但是，她不想草率地走进婚姻。她深知，恋爱是一时的浪漫，结婚可是一辈子的事情。激情过后，便是踏踏实实地过日子。她心中的白马王子，既要才华横溢、高大英俊，也要善良仁义、有爱心、有担当。可是，她深知，这样的人是不多的。

　　和所有未婚姑娘一样，她清楚自己是个女人，对婚姻也有过很多甜蜜的幻想。她一直幻想找个高大帅气的、疼她爱她的男子，组建一个温馨的家庭。回到家里，两个人共同做饭、做家务。累了，有一个可以依靠的肩膀。有啥心里话都可以向爱人倾诉。晚上有人为她捶捶背，按摩一下腰，相拥进入梦乡，那该多好啊！这就是她，一个小女人对未来生活的向往，多么甜蜜、顺意。

　　她的中、小学同学大都已经结婚生子。大多数都成了娃他爸、娃他妈，担负起了一个家的重担，自己却还这样漂着。在部队，有严格的纪律约束，她没想过谈恋爱。回到地方，她总是想好好工作，等站稳脚跟再恋爱结婚，不知不觉，便又过去了几年时间。

　　二十多岁的姑娘正像一朵开得正艳的花儿，花香四溢。她看过不少爱情小说和影视作品，也常为主人公的幸福和坎坷而感动、掉泪。女人如花，她这朵花已到了娇美芳香的年龄，对未来充满了幻想。

　　其实，曾有一位白马王子占据过她的心房。那是在部队服役时，她曾看中了一位从军校分来的中尉连长。他健壮的体魄，棱角分明的面孔和英俊倜傥的神采令她着迷。他们经常在一起值班。见到他，她就特别开心，干什么都有劲儿。见不到他时，她会烦躁不安，莫名的想发火。她也为自己的这些行为感到奇怪，常常扪心自问：我喜欢上他了吗？我可从来没有过这样的感觉呀！她经常有意无意地与他搭讪，有意无意地接近他，甚至有时独自一人时还会想他。在他面前，她会有意无意地打扮自己，可是那个男人没有任何回应，一副公事公办、不冷不热的样子，有时还无视她的存在。这让她的自尊心受到严重的打击，让她感到迷茫、无助，又感到很无奈……

后来她才知道人家已经有了未婚妻，是某名牌大学的校花，准备毕业后就结婚。她长叹一声："他已经有了归属，他不属于我，我只好敬而远之了。"

从那以后，她不再和他有过多的交往，把自己的感情关闭了，但夜深人静时，那个身影还会时不时出现，让她夜不能寐。梦里她常常和他促膝交谈，甚至他用粗壮的臂膀拥抱着她，让她感到无比幸福，梦醒却是一场空。空荡荡的宿舍里，唯有自己，品尝失恋的痛。复员到地方，工作让她暂时忘记了他，但今晚，又想起他，她怅然若失。其实，她知道，中尉的影子一直在她的心里留存，也许他就是自己第一次，也是最后一次爱过的男人吧！

她控制自己不去想他。她拿起列夫·托尔斯泰的《安娜·卡列尼娜》，深感安娜的丈夫卡列宁的虚伪和她的情人沃伦斯基感情的真诚，她为书中男女主角的爱情而着急忧虑，直到十一点多才迷迷糊糊地睡着了。她睡得很晚，睡得很香，睡得很沉……

20世纪80年代之初，国家下决心在全国范围内坚持实施计划生育政策。报纸上先后刊发了文章，阐述了计划生育的重要性，之后又连续发了多次社论，讲清了在中国现阶段推行计划生育和一胎化的重要性、必要性和紧迫性。全国上下步调一致，统一行动，计划生育工作全面开始了。

大家在全县范围内广泛推行大规模的二胎以上育龄妇女节育工作，城乡结合，统一行动，使得各项工作有效、扎实地开展。

但后续工作也不少，有的是该做节育而未做的困难户，有的是已经有三四个姑娘但没儿子的家庭，躲避计生干部，搞起了"游击战"。这样的情况全乡有几十户，分散在乡里十几个行政村，计生工作难以推进。乡党委做了认真研究，采取了专人包村包户的办法，责任到人。一时间，人们轰轰烈烈地进驻各村，村里的人一看到他们来，就互相传递信息："快跑，计生委进村了。"一时间，搞得干群关系非常紧张。

引弟每天跟她包的那个大队的干部走街串巷，深入住户，给人家做工作。道理讲了一大堆，没有几个人愿意听。有一户人家已经生了四个姑娘，为了生一个儿子，和计生干部打起了"游击战"。干部们来了，她逃出去躲避几天，干部们走了，她又回来了，该做饭就做饭，该下地干活照常下地干活，还说："我家几代单传，不生个牛牛娃，我对不起祖先啊。"像她们家这种情况，在当时的农村还真不少，也都是很棘手的工作。

为了搞好工作,引弟每周六日和所在村的书记、大队长、妇女主任上门做这些育龄妇女的思想工作。在一个叫牛根草的村子,引弟遇到了最难缠的一户人家。这一户已经有了两个女儿和一个儿子。但这家的媳妇准备生第四胎,说什么也不到医院做手术。

乡长来过,书记来过,村子的书记、村主任、妇女主任也不知来过多少次了,可就是说不动那个女人。引弟给乡里书记立了军令状,表示自己一定要攻下这个难缠户。

她刚来的时候,全家人都在,后来听说计生干部要来,媳妇就逃得无影无踪。困难就像南边的秦岭大山一样横在引弟的面前,怎么办?当过兵的引弟想了一个绝招,你躲,我就住在你家里,看你能躲到什么时候。于是她把铺盖一搬,住在那个女人家,白天帮老太太做饭、照顾孩子,晚上和老太太挤在一起睡。

时间总会给人提供解决问题的机遇,就在引弟住到那女人家半个月之后的一天晚上,那个女人的儿子忽然又吐又拉,额头烫得像火炉。一家人拿不出钱送娃去医院,老太太急得哭天抹泪,丈夫急得团团乱转。引弟说:"快送医院,救孩子要紧。"于是,她和那女人的丈夫将孩子送到了当地一家小诊所就诊,并给孩子付了医疗费。医生给孩子打了退烧针,吃了药,一个晚上,两个人就这样守着孩子。第二天,孩子的病得到控制,仅仅一周,孩子就恢复了健康。

一周后，那媳妇不知从哪里听到风声说孩子病了，还是计生干部给掏的医药费。她啥也不顾了，连夜跑回家，一看孩子的病已经好了，悬着的心放下了。说心里话，以前她很反感这个计生干部，干工作竟然干到了她家里。现在，她一点儿都不恨引弟了，反而很感激引弟救了她的孩子。

就在回家的那个晚上，引弟和那媳妇一起躺在她家的炕上，在明亮的灯光下，俩人拉起了家常。那媳妇感激地说："妹子，感谢你，为了我这事儿，也为了你救我儿子。让你既操心又花钱，我真是对不起你。这些天我也想通了，我干吗要生那么多孩子，既受罪，又受累，家里穷的连给孩子看病的钱都没有。我向你保证，明天一早跟你去医院做节育手术。"

引弟一听，喜出望外地说："嫂子，你真的想通了？那你公公、婆婆、老公不同意咋办？"

"不仅仅是想通了，也是被你感动了。别的事不用你管，有我呢。"

"嫂子，谢谢你支持我的工作，你支持我的工作也就是支持咱国家的工作。现在城镇都实行一胎化，农村还是允许生二胎的，但三胎是坚决不允许的。你如果再生，就是第四胎了，你说让我们这些计生干部怎么办？今天我要感谢你，终于让我可以给领导有个交代了。"

那媳妇不好意思地低下了头。引弟开心地笑了。

半个月后的一个早晨,按照约定,引弟要去见一个人。吃完早餐,她洗了脸,略施粉底,画了眉,抹了点儿口红,看起来更加清丽了。她换上一件黑底白花的连衣裙,对着穿衣镜看了看,一头浓黑的长发自然地披在肩上。连衣裙的领口不大也不小,是半圆形的,胸脯刚刚露出,若隐若现,给人一种神秘感。

今天约她的人是红霞。来这里半年多了,由于对红霞有些偏见,即使镇上安排她到红霞的饭馆吃饭,她都从未去过,一则怕人家说自己贪小便宜,二则不想和红霞有啥交往。今天,红霞打来电话,说想见个面。从气势上,她不能输给红霞,所以,她很用心地打扮自己,让自己显得更加优雅。

她走出宿舍,遇到了几个同事,大家用异样的目光看着她,说:"看来今天有约会呀,打扮得这么漂亮。女为悦己者容嘛。"人啊,听到有人赞扬,心里就乐滋滋的,那份欢喜不言而喻。走在大街上,引弟也引来了好多人的目光,尤其引来了一些大姑娘、小媳妇羡慕的目光,继而是淡淡的嫉妒。

她走到红霞饭馆。红霞似乎早已在等候引弟了,引弟一出现,她就"蹬蹬蹬"地跑出来,满面春风地说:"妹子来了,今天你闲,我也不忙,咱姐妹俩好好聚聚,拉拉家常。"

引弟点点头说:"好,今天咱们好好聊聊。"

红霞早已安排好二楼的一个包间。包间布置得很简单,粉白的墙面,纸糊的顶棚,一张黄色的木质饭桌能容纳七八个人就餐。淡黄色的窗帘为包间增添了温馨气氛。

两个人就座,服务员先端上两杯清茶。红霞拿出一张菜单,满脸堆笑地说:"妹子,今天想吃什么,你尽管点,咱这饭馆要啥有啥,能满足不同人的口味。"

引弟推开菜单说:"不用客气,就咱们两个人,不要点太多,够吃就行。"

红霞收起菜单说:"那我来点。"

红霞没看菜单,只是说菜名:"凉拌牛肉、凉拌黄瓜、青椒肉丝、红烧鲤鱼。"

点完,红霞问:"妹子,你看这些菜怎么样?"

引弟说:"是不是有点儿多了,咱们只有两个人,吃不完浪费了。"

红霞说:"没关系,今天早,咱们边吃边聊。"

"服务员,再来一碗醪糟汤。"红霞喊了一声。

等菜的间隙,两个人一边喝茶,一边拉起了家常。

引弟说:"姐姐,你很能干呀,一个人撑起这个酒店不容易啊!"

红霞长叹一声说:"唉!做女人难,做个女强人更难呀。不做事,人们会说你没有本事。想干点儿事情吧,唾沫都能把你淹死。想必妹妹早对我有所耳闻。"

引弟说:"没有啊,我听到的都是对姐姐的赞扬声,没有啥诋毁的话。"

"那天你来镇上的那顿接风宴上,我已感到你对我有看法了。你来这么长时间了,镇上给我打了招呼,让你周末在我这里吃饭,可从来没见你来过。"

引弟笑着说:"我吃饭简单,吃碗面条就完事,不必来这里麻烦你。"引弟转过话锋又问:"我很想知道第一次在你这里吃饭时,你怎么发那么大的火,到现在我都想不明白。"引弟这样问,是想先发制人,看她是怎么看自己的。那天听了大师傅的话,引弟心里一直不悦,想听听她的解释。

红霞脸一红说:"妹子,我知道你一直为那事想不通,所以你不来我这里吃饭,我能理解。关于我和他的故事,今天我全部告诉你。想必你知道了,就会理解我那天为啥发那么大的火了。"

引弟抿一口茶,望着红霞那张白里透红的脸,安静地等待下文。

红霞一边喝茶,一边陷入沉思。

原来红霞和张六虎是同学,两个人都在上王镇中学上学,又同时考上高中,学习成绩不相上下。上高三时张六虎学习成绩好,红霞却渐渐落后了。那时红霞是学校的校花,正值青春年华,又是吃商品粮的干部子弟。由于家庭条件优越,她的穿戴一直很时髦,显得与众不同。再则,红霞也是文艺积极分子，经常在学校举办的文艺会演中登台表演。她身材高挑，举止优雅，性格活泼，处处洋溢着青春的活力。这些外在的美，自然引起许多同龄男孩的关注，可是红霞心中只有张六虎一人。张六虎不光学习好，长得也帅，是班里甚至学校同年级女生心中的男神。

　　女人的情感最为细腻。不久，红霞发现班里还有个女同学也关注着张六虎，那就是学习比她好很多的王钰。王钰虽然没她长得好，也不如她穿得时髦，但学习总是和张六虎不相上下。张六虎和王钰接触甚多，让她心里酸溜溜的。她找到王钰，明白地告诉王钰自己喜欢张六虎，请王钰不要干扰自己的爱情。王钰蔑视地笑了一下，转身离去。她则向张六虎发起了爱情的攻势⋯⋯

　　高考那几天，红霞的父亲给她买了面包、汽水，红霞都悄悄地塞给了张六虎。三天的高考中，她一直在观察着张六虎的神态，她知道在这决定人生命运的时候，他的脑子里没有空间装下任何其他的事情，但是她相信他那聪慧的脑袋瓜肯定会结出硕果。至于自己的未来，她没有想过，只想着找上张六虎，自己一辈子就有了依靠。

　　考完试，同学们临回家的那天晚上，她大胆地约了张六虎一块儿来到镇边的河畔，她送给张六虎一本巴金的《雾雨电》，并在扉页上写着："送给我心中的你，愿意伴着你飞翔！"那天晚上，明月可以作证，河水也在亲历着这一美好的时刻，张六虎第一次大胆地拥抱了她。这让她感到无比幸福,她也把自己的初吻给了他……

高考成绩榜单揭晓,张六虎考上了省城的名牌大学,而红霞名落孙山。就在张六虎上大学走的那天夜里,仍是在镇边河畔的苞谷地里,红霞将父亲给她创业开饭馆的钱分出一部分给了他当学费。她自己在父亲的帮助下开起了这家红霞饭馆。

在他上大学的前三年,他每年回来都住在红霞饭馆里,帮红霞干活。他俩就像夫妻一样。他俨然是个男老板。红霞的父亲也默认了这门亲事,任他们来往。但是上了大四以后,张六虎来的少了,最后甚至不见了踪影。红霞找到了学校,他躲着不见。一直到张六虎毕业红霞才知道,原来张六虎在学校爱上了省城的一位领导的千金,即王钰。

当红霞以为她的努力将要化成泡影时,大学毕业的张六虎被分回到了县里,和王钰的爱情自然成了历史。县里将他分到了上王镇,先是做镇长助理,再是当镇长,后来又当了书记。在这里他们成了婚,一年后有了儿子张成,那五年可以说是红霞最幸福的五年,白天她在店里辛苦工作,晚上等张六虎回来后与他一起分析乡里的经济、人事,给他出主意、想办法。家里有了那时还是凭票买的,只有极少数人家才有的十八英寸的黄河大彩电、长岭冰箱。盛夏,两个人经常一起散步,来到曾经见证过他们爱情的河边回忆过往的点点滴滴,心中感慨万千。那时候,红霞每天都很开心快乐,她觉得,能得到张六虎的爱是她最大的幸福。在她的心中，天是那么蓝，草是那么绿，一切都是那么的美好。那时他俩真是琴瑟和鸣、举案齐眉。张六虎工作非常努力，工作干得很出色，年终全县的经济工作会议上，张六虎总是能带上大红花，接受奖励。红霞精明强干，把红霞饭馆经营得红红火火。

可是五年后，张六虎调到了县政府当副主任，王钰在省城离了婚，要求调到基层，好让受伤的心慢慢平复。高干之女下基层让好多人都不理解，有人认为：不就是离个婚吗，也不必丢下那么优越的条件去基层工作吧。其实，她的内心又有谁能了解。由于是领导之女下基层，这里也相对有所照顾，一来了就安排在政府办任职。王钰是名牌大学毕业的，工作能力很强，工作得心应手，慢慢的王钰从痛苦中解脱了出来。

无巧不成书，王钰调来不到半年，张六虎也调到政府部门工作。由于工作关系，两个人经常来往，慢慢的两个人旧情复燃。王钰的叔叔在省城的上级部门任职，她本人又年轻漂亮，气质优雅，精明能干，有知识，综合看来，她对自己将来的发展大有益处。渐渐的，张六虎不回家了，周日总是和王钰约会。慢慢的张六虎开始找理由和红霞闹起了离婚。红霞也气愤地找过王钰，可是终被王钰强大的气场打败，无奈地答应了离婚。刚一离婚，张六虎也不顾及社会舆论，迫不及待地和王钰走到了一起。因为有了之前的这些事情，所以也就有了那天的一幕，她是在棒打无情郎呢。

听着红霞的诉说,引弟渐渐明白,原来红霞并非人们想象的那样,而是一位身心都饱受伤害的女人。受过伤的女人内心都是比较脆弱的,那天大闹宴席也是事出有因。引弟开始同情起眼前这位痴情的女人。

一个上午,引弟吃着饭菜,听着红霞一句话一把泪的诉说,心情和红霞一样沉重。此时此刻,引弟明白自己的劝慰是多余的,让她尽情地发泄一下,也许她的心里会好受一点儿。最后红霞流着泪对引弟说:"姐就是个例子,妹子呀,你长得不错,气质才华都有,但在找对象上要注意,别像姐姐一样被伤得遍体鳞伤。"

"唉,人们常说,离了张屠夫照样吃排骨,离开了张六虎,你就找不到好男人了吗?"引弟问。

"你没有爱过人,根本就体会不到爱的那份痛。而且,我一个离了婚的女人,还带着个孩子,想找个对我和孩子都好的人,不容易啊。"

"我就不相信姐姐你就没人能看上,你看你的身材、你的长相,哪点不是美人胚子,再加上你的办事能力,哪点不令人佩服呢!我想,追你的人一定不少。希望你能从那场失败的婚姻中走出来,开启新的生活。"

红霞长叹一声说:"唉,我们都是女人。也不怕你笑话,我才三十多岁,当然也需要一个可以依靠的肩膀。我和张六虎分开半年后就有许多人给我介绍对象。这几年我也处过好几个,但都令我失望,大半儿都是冲着我的长相和钱财来的,真心喜欢我的人没有几个。"红霞说到这里,长叹了一声。

"我们女人图什么呢!"红霞接着说,"我们无非就是图个累了有个肩膀可以靠靠,烦了有个人可以说说话,生气了能有个发泄的对象絮叨几句,使自己心情好点儿嘛!"

引弟说:"请允许我叫你一声红霞姐。红霞姐,我理解你。我也是个女人,虽然还没步入婚姻的殿堂,但是我知道做女人有多难,做个女强人更难。你确实不容易,但我想世上总有好男人,你还得慢慢找、慢慢遇,遇到了就是缘分。至于别人怎么说你,你全然不必理会,嘴长在他们身上,由他们说去吧。自己走自己的路吧!"

这天,两个人一直从上午谈到了下午,饭菜吃得差不多,关系一下子拉近了许多。饭毕已是下午,引弟和红霞握手言别,已情同姐妹。

不久,这里的计划生育工作受到了省里的表扬。引弟也被评为省、市、县级"先进工作者"。这人遇到好事了,样样顺畅。由于工作出色,半年后,引弟被提拔到了城关镇任副镇长。

第十四章

　　青姨的一个儿子走了，老二林瑜继续在部队服役。后来林瑜被部队送到了南京的一所军校，在军校学习了几年后，又被安排到兰州军区某部队，一年后调到新疆军分区，一干就是四年。

　　人常说男大当婚，女大当嫁。林瑜的婚姻大事一直缠绕着青姨和文林的心。青姨让几个女儿一起帮林瑜找女朋友，要求女孩子第一要聪明，第二要漂亮，第三要孝顺，学历、家庭也要考虑。

　　可是不久，从新疆传来消息。林瑜说："不用劳烦妈妈和各位姐姐了，我已经有女朋友了，是一个维吾尔族姑娘叫亚瑟。"

　　亚瑟是北京某名牌大学毕业的研究生，共产党员，在国家保密局新疆分局工作。她的年龄和林瑜一般大，一米六八的个头，长得如花似玉。她的父亲是一位离休老干部，她是家里的独生女。她的枪法、车技、马术、刀法、武术、形象、语言、反应力都是千里挑一的。她曾和林瑜一起当过三四年侦查员，立过特等功。他们在当侦查员时，曾扮演过情人，假装过夫妻。他们还以各种身份在许多关键的时候默契配合。

记得有一次出任务时，亚瑟挺身而出，救了林瑜的命。两个人的感情也在工作中慢慢升华。

这时大家才知道林瑜去新疆干的是比在边境线上更危险、更复杂的工作，并在那里找到了自己的爱情，全家人虽然高兴，但心中也隐隐不安。

那天晚上青姨和文林躺在床上，已是初秋，天已经不像夏天那样炎热了，床上的凉席已经撤了，重新换上了棉絮床单。文林躺在她的旁边，静静地看着她，与她聊着天。

"时间过得真快呀，儿子都要结婚了。如果林峰还在，也该找媳妇了。"青姨伤感地说。

"过去的事已经过去了，走了的人已经走了，别提他了，也许这就是他的命。"文林搂住青姨安慰道。

青姨问文林："你对林瑜的对象满意吗？"

"从各方面来看，还是比较满意的，只是她从事的工作有点儿特殊，比较危险，以后成家了，两个人在外奔波，孩子的教育势必会成问题，再说……"文林欲言又止，他是怕青姨担心。

青姨说："其实你不说，我也在想这个问题。我已经为国家献出了一个儿子，如果这个儿子再出点儿什么事情，我可怎么活呀。"青姨起身喝口水，润润嗓子继续说："但看到他们那样般配，亚瑟又这么优秀，我们又有什么理由拆散他们呢，真是一万个不忍心呀。你说咋办？我都快愁死了。"

文林说："这件事情，我们做父母的就不要干涉了，让林瑜自己去解决。"

青姨长叹一声，关了灯说："休息吧！有点儿累了。"

关了灯，房间一下黑了。今晚是十五，月亮照着窗户。青姨其实一点儿睡意都没有，她想儿子林峰，这是她每天晚上的习惯，每天到了这个时候，儿子小时候欢快撒娇的样子就会出现在眼前，还有儿子参军时送别的场景，那一幕幕，让她扎心得痛。现在林瑜又从事了一种危险的职业，让她特别害怕，真害怕有一天，又失去这个儿子，那样她就没有活下去的劲头了。

这一夜，伴着窗外的明月和老伴轻微的鼾声，青姨辗转难眠，又一次失眠了……

半年以后，林瑜带着亚瑟回来完婚。

那一天，几个姐姐、姐夫、外甥都从全国各地赶了回来，冬梅特意领着她的英国丈夫特拉漂洋过海回到了家，这个平时只有两个老人和三个小孩的家里一下子热闹起来。

亚瑟很漂亮，穿着连衣裙，脸色白嫩，身材苗条，气质高雅，举止有度，普通话说得极好。她给姐姐们一人一个和田玉手镯，给外甥们一人一包葡萄干。她给青姨和文林带了一套新疆皮具，算是准媳妇的见面礼。

考虑到家里地方小，而且林瑜夫妇婚后也只有半个月假，夏莲给弟弟租了县宾馆的一个套间，这是这个县城宾馆里最好的房子。

当夏莲和新任总经理谈房价时，总经理笑容可掬地说："林瑜和亚瑟是做什么工作的，他们不光是你的弟弟、弟媳，还是我们国家的英雄，他给咱县里争了光，我们不光不收房钱，他们的婚宴我们也赠送。"

夏莲说："那不行，房间和婚宴可以算便宜点儿，但不收钱的事情，在我这里行不通。"

夏莲能在这短短的几年里从县里的一个办公室主任一步步走到市委，靠的就是严谨、自律，还有踏实、苦干。她走到今天的位置，也引来了很多人的羡慕、嫉妒。今天总经理给她免了单，明天，她就会被死死地套牢。她不能为这件小事自毁前程。于是，夏莲毫不犹豫地交了押金。

几天后，林瑜和亚瑟的婚礼如期进行，这个婚礼成为县城里最豪华的婚礼，几十辆小车开道，新郎和新娘坐在一辆宝马车里。

婚宴上，县长亲自做证婚人，父母的亲朋好友，姊妹们的朋友同事来了不少人，宴会非常热闹。

林瑜结婚一周后的一个晚上，文林突发心肌梗死，离开了人世。他走时仅五十八岁。

文林走了，姊妹们刚办完弟弟的婚礼，又遇到一场丧事。面对突然的打击，青姨一下子跌入了深渊。孩子们忙丧事，而她只是坐在家里，呆呆地望着文林的照片，眼泪不停地流着。这突然的打击让青姨一下子苍老了许多。姊妹们办完文林的丧事,都回到家里陪母亲。看到母亲痛苦不堪的样子,除了陪伴,就是安慰。妈妈才六十岁,儿女们一个个长大成才,眼看着到了安享晚年的时候,却遇到了这样的事情,给谁都是难以承受的。再说,他们能走到一起是多么的不容易,他们是那样的相爱,想着要白头偕老,共度余生,如今却天人两隔。

　　按照习俗,老人去世七天内,姊妹们是要在家守孝的。头七那天,姊妹们要去给文叔烧头七纸,姊妹们劝母亲别去墓地,可是青姨执意要去,无奈,只好随她。到了墓地,看到头几天还和她聊天的丈夫如今和她阴阳两界,无比悲痛。她跪下,一边烧纸痛哭,一边埋怨道:"文林,你好狠心啊,就这样不声不响地走了,你让我以后咋活呀,你让我怎么面对那个空荡荡的家……"她大哭一场,那泪珠滴滴落在坟头,仿佛落在了文林的身上。青姨痛哭了一场,擦干眼泪对几个女儿说:"现在头七的纸也烧完了,还有几个七,能陪我的就陪我上山给你们文叔烧张纸,也不枉他当了你们几天的文叔。没有时间的,就好好工作,别为家里的事耽误了工作。"说完她对着文林的坟茔说:"文林,你就放心地在这里躺着,你的儿子栓娃是我的女婿,我会好好照顾他的。我们走了,过几天我们再来看你。"说完,青姨及几个儿女离开了那个空荡荡的墓地。

　　一晃文林离开青姨已经一年了。姊妹们孝顺,经常利用节假日来陪陪母亲,和她拉拉家常,为她做点儿好吃的。

虽然她们回来母亲表现得很开心,但没有她们的日子,母亲是怎样过的?姊妹们在一起,谈得最多的就是母亲。

夏莲说:"老妈今年刚六十一岁,而且看上去最多只有五十多点儿。脸上平展展的没有多少皱纹,身材也算匀称,不胖不瘦的,看上去风韵不减当年。老妈一个人在家里,时间久了,会不会憋出病来?要不,我们给她找个老伴,也好让她的晚年有个依靠。"

姊妹们一听夏莲这样说,都表示赞同,这事就交给了夏莲张罗。

听到女儿们张罗着给自己找对象,青姨说:"你们别胡闹了,我都啥年龄了,还找对象,会让人笑掉大牙的。再说,我离不开你们文林叔和这个家。"

夏莲说:"妈,您老啦,没人陪你,我们不放心,万一晚上有个啥状况,连个打电话的人都没有,那后果不堪设想啊!"

听夏莲这样一说,青姨不吭气了,只是长叹一声道:"那样也好,我可以去陪你文叔了,也好减轻你们的负担,不让你们处处为我担心。"

姊妹们七嘴八舌地说:"妈,您别那样说。我们小的时候,您一把屎一把尿将我们拉扯大,培养成人,我们不为您养老,那就是不敬不孝。再说,给您找对象,就是想给您找个唠嗑说话、陪你散步的人,这样我们也就放心了。"

青姨一听女儿们说这样的话,也觉得在理,再说,自己的身体一年不如一年,身边没有个人,也着实不方便,于是就点了头。

三个月后，夏莲果真给老妈介绍了个对象。夏莲现在是市办公室副主任，住在距县城五十公里的市上。她的丈夫是市里主管法制的副市长。两个人一天到晚忙工作，家里雇了位保姆，负责做饭、洗衣、打扫卫生、带孩子。两口子给青姨看上的是一位老局长，七十五岁，才死了夫人，急需找一位老伴。老局长要求人爱干净、能干、会服侍人，并且不准干涉他家的内政。

一个周末，夏莲叫来几个姊妹商量老妈的婚事。夏莲把这位老局长的基本情况告诉了姊妹们。秋菊一听两个人年龄相差这么大，而且要老妈伺候人，愤然地说："你们这样做太自私了吧！只为你们二人拉关系、修山头。你考虑咱妈了吗？既要伺候他，还不能干涉他家的内政，他纯粹是在找一个不付费的保姆。我们不能受这窝囊气！"

引弟也跟着话茬说："我也有意见，咱妈虽然六十一岁了，但你看她那精神，就像四五十岁的样子，凭什么去伺候一个七十多岁的老头。再说，年龄相差这么大，能有什么共同语言。我看趁早拉倒，别搞得满城风雨，好像咱养活不了咱妈，在找吃饭的地方，更有人会想我们在攀高枝。我们可不能落那腥味。"

夏莲一听两位妹妹坚决反对这门亲事，虽然对秋菊说的话有点儿不悦，但还是和颜悦色地说："给老妈找这位局长，绝对没有拉关系、攀高枝一说。找他，是考虑人家素质高，家庭结构比较简单，他和咱妈结婚后，妈不会受太大的委屈。"夏莲喝口水继续说："如果两位妹妹不同意，这事就到此为止，当我没有说。"说完，提起包穿上衣服，说："我还有事，先走了。"说完，开门离去。

母亲见状，数落秋菊道："你姐也是为我好，干吗把话说得那么难听，搞的大家这么不愉快。好了，我谁也不嫁了，一个人过省心。"

又过了半个月，秋菊给母亲介绍了个县中学的副校长，五十六岁，一米七六的个头，微胖。夫人前不久才去世了，想找个老伴。这个人很精神，有一个孩子已经成家了，虽然比母亲小五岁，但他并不在意，欣然同意。

秋菊征求母亲的意见，母亲问道："人家不嫌我老吗？"

"他好像认识你，知道你很精神，表示没意见。"秋菊说。

"那要不先见见，我们聊聊看合适不合适，行吗？"母亲问。

"应该这样，如果你们双方都没意见，就接触接触。先处一段时间，双方觉得合适再领证。但处以前必须签个协议，对财产等做个文字说明，并有人监督。"

母亲点点头说："好，就按你说的，先见见面再说。"

一个周六的晚上，武校长约青姨在一家茶舍会面。

青姨穿了件藏青色的旗袍，肩上罩了件白色的网眼短袖，脚上穿了一双油亮的紫红色高跟鞋，脸上略施薄粉，还喷了点儿香水，一身芬芳，来到了那家茶舍。

如今，各个县城都有了专供恋人或朋友见面的茶舍、酒吧，里面设施齐全，装修考究，灯光柔美，富有情调。一首萨克斯音乐轻轻地飘扬在茶舍中，走进去，让人顿感身心愉悦。

走进去，青姨被热情的服务生领到她要去的房间。

武校长早就来了，他穿一身黑色西服，白色衬衣，戴着红色领带。身着旗袍，脚蹬高跟鞋的青姨翩然而至。他远远打量，只见青姨神采奕奕，脸色红润，暗自惊叹："她有六十一岁吗，真不像。"

"您好，青姐！"武校长起身问候并示意她就座。

"哦，老武兄弟，你来得好早。"

武校长起身让座，倒茶，很是儒雅。

坐下后，武校长说："您好年轻，哪像六十一岁呀！"

"春兰你认识吧，她都快四十岁了，你说我多大。"

"反正我觉得在您身上看不到年龄的影子。"

"每个人都有心理年龄和生理年龄，我的精神是不错，心理也很年轻，这就是我看上去比较年轻的原因。虽然我找老伴想找比我小一点儿的，但没想到你竟比我小五岁。我不敢一下子应承下来，特来看看。"

"您说得对，我是比您小不少，可是我觉得您也不大，不像姐姐，倒像个大妹子！"

青姨听他这么一说，心里暖烘烘的，说："是吗，看来对于我的年龄你没意见，那我们就相处一段时间，看彼此的兴趣、爱好、生活习惯能不能适应，如果彼此能接受对方，包括缺点，那我们再谈结婚一事。"

武校长笑笑说："我们想到一起了，先处处，如果双方都没意见，我们再谈下一个程序！"

两个人一边喝茶，一边介绍各自的家庭情况，聊得还是挺愉快的。坐了大约一个小时，两个人留了电话号码，青姨便告辞回家了。

回到家，青姨把自己对武校长的印象告诉了几个子女，认为可以相处一段时间看看。

这段时间，两个人隔三岔五打个电话，互相问候。

一个周末，青姨早上正在家里，突然座机响了。青姨忙接听："喂，请问你是哪位？"

"大姐，我是老武呀，今天是周末，我想来您家拜访一下，也好认个门。"

青姨一听忙说："那你等我电话，我和几个女儿商量一下之后给你回信儿。"

"好，大姐，我静候佳音。"对方挂了电话。

一听武校长要来家里，她忙给几个女儿打电话，让她们赶快回家。女儿们一听武校长主动登门拜访，收拾了一下都赶忙回了家，准备迎接。毕竟人家是第一次来家里，岂能慢待了人家。

青姨跟女儿们通完电话，便给武校长打电话："喂，武老师吗，我的女儿们欢迎你来家做客。你十一点来吧！"然后她忙打扫完卫生，又出门买了点儿水果。之后，她梳妆打扮一下，便坐在沙发上等候几个女儿。

先到家的是秋菊。她一听武老师主动登门拜访，喜出望外，看来老妈这婚事有门。

　　进了门，见姐姐们还未到家，她就坐下陪老妈唠嗑。"妈，我看这事儿八九不离十。今天见完面，差不多就定下了，这事情得速战速决，以免夜长梦多。"

　　青姨白了女儿一眼说："这么急着打发你妈出门呀！"

　　"妈，这不是为您好吗？让您老了有个陪您说话的人。再说武老师可比您小几岁呢，而且人家还是个校长，他不嫌弃您年龄大就烧高香了。"

　　"校长咋了，我还不稀罕呢！"青姨不屑地嘟囔了一句。

　　两个人正说着，只听见门"咚咚咚"的响，有人一边敲门一边喊："妈，是我，夏莲。"

　　秋菊开了门说："姐，你咋才来呀，你看把咱妈急的。"

　　"唉，电话一个接一个，没有办法，关了手机才脱身。"

　　青姨一看女儿来了，忙端茶倒水。这夏莲屁股还未挨着沙发呢，门又被敲得"咚咚"响。青姨说："快开门，可能是你大姐来了。"

　　秋菊打开门一看，果真是大姐。姊妹三人一见面，高兴得不得了，房间里一下子热闹了许多。人们常说，三个女人一台戏。这增加一个女人，那更是戏上加戏。姊妹三人一边说笑一边等武老师。等了大约一个小时，还不见武老师来，青姨有点儿着急，又有点儿失望。本想打电话问问，但碍于女儿们都在，又不好意思打，只好耐心地等待。

　　不大工夫，门终于被敲响了。秋菊跃起身去开门。门一打开，只见武老师西装革履，文质彬彬，手里提着礼品站在门口。秋菊大喊道："妈，武老师来啦！"一边喊一边礼貌地请武老师进屋。武老师进屋坐定，夏莲端上了茶水请武老师喝。

青姨开始给武老师介绍家庭成员，她指着春兰说："这是我的大闺女春兰，和你是同行。"

武老师点头说："春兰是教育局树立的榜样，同行们都认识她。"

青姨又指了一下夏莲说："这是我家老二，现在在市政府上班。"

武老师说："认识，大名鼎鼎的夏主任，天天上电视呢。"

"呵呵，武老师过奖了。"夏莲谦虚地说。

武老师又说："大姐，您是怎么教育孩子的，一个个都这么优秀。"

青姨笑笑说："那时候连肚子都填不饱，从早到晚在地里刨食，哪有时间教育啊！全凭孩子们自觉。孩子们还算争气，没让我操多少心。"

青姨转而又问："武老师，请问您是儿子还是闺女？"

"是个儿子，已经结婚单过了。他是一家公司的总经理，媳妇在医院工作，一天到晚忙得个管个，一个孙女由她姥姥带着，我下班了基本无事可干。"

几个人聊着，不觉已到十二点。

夏莲说："妈，我在酒店定了餐，请武老师吃顿便饭吧!"

武老师忙说:"我请大家吃顿饭吧!"

"那怎么行呢,今天我尽地主之谊。"青姨说完,就请武老师往外走。

几个人出了县委家属院,直奔酒店。这家酒店位于十字路口,离青姨家很近。酒店装修得非常豪华。

夏莲定的是包间。服务员一看是夏莲,笑容可掬地说:"您好夏主任,您定的包间在二楼,长安阁。"说完,便带着青姨一行走进包间。

其实,夏莲来时就已经到酒店定好了餐,而且菜品都已点好。她要为妈妈挣足面子。

待大家按照座次坐好后,服务员端上了菜。有凉拌牛肉、凉拌肚丝、蒜瓣黄瓜和一盘小吃。随即热菜也端了上来,糖醋鱼、蒜薹炒肉丝、丸子大杂烩,还有一盘甜点。饭菜少而精,色香味俱全。

夏莲拿出一瓶干红。服务员拿来高脚杯给每个人倒上一杯。青姨端起酒杯说:"武老师,今天我们全家敬你一杯。欢迎你来家做客。"

武老师忙端起酒杯说:"谢谢大姐,你们太客气了,这让我怎么好意思呢。"说完,和青姨及她的几个女儿互相碰杯后,一饮而尽。

"别客气,武老师,以后在一起吃饭的机会很多,下次就随你吧!"青姨说。

大家边吃边聊,不觉已到下午两点。夏莲提起包说:

"武老师，妈，你们好好聚聚，我有事先走了。"说完提起包，走出包间，去吧台结账。

秋菊和春兰一看夏莲告辞了，也相继离开，好给两位老人一个相互了解的空间。

女儿们走了，两个人一下感觉轻松了许多。尤其是武老师，擦了擦头上渗出的汗，端起茶杯抿了一口茶说："大姐，你看这家也看了，不知您对咱们的婚事啥意见？"

"不急，你还没请我去你家呢。"青姨笑笑说。

武老师说："我的家庭结构很简单，一个儿子常年在公司，我一个月也见不上几面。儿媳更是忙得不可开交，有时间也是去娘家。如果一定要去我家看看，那下周日，请你来我家做客。"

青姨说："好，下周我去你家做客。"

两个人正谈着，突然，武老师的呼机响了，武老师打开一看，是教育局办公室小刘在呼他。他知道局里一定有事，便出门去吧台打电话。

"喂，小刘你好，找我有事吗？"

"武校长您好，下午三点半各校校长在教育局会议室开会，请您务必参加。"

"好好，我一定按时到，小刘再见。"

回到包间，青姨关切地问："有事吗？"

武老师说："大姐，不好意思，局里三点半有个会，我得马上去准备一下。"

"那好，工作是第一位的。"此时，青姨表现得很大度，让武老师特别感激。

两个人相继走出饭店，各自回家。

不觉到了周日，按照约定，青姨要去武老师家做客。早上九点，武老师就打电话约青姨。

青姨说："我和秋菊一块儿来，其他人都忙呢。"

"好好好，我恭候你们光临。"说完，武老师便搁下电话，开始准备。

其实，为了迎接青姨，他昨天就买了瓜子、糖果以及香蕉、苹果。摆好东西，他又给儿子、儿媳打电话，说了事情的原委。儿子、儿媳都是大学生，加上出自书香门第，自然爽快答应。

儿子武建伟听到父亲乐滋滋的话，也很开心。虽然母亲走了，他很伤心，但毕竟父亲还不老，一个人在偌大的房子里生活也很孤单。再说他们工作都很忙，根本没时间照顾老人。父亲能找个老伴，也了却了他们的心愿。只是他感觉对方年龄偏大，而且差距还不小，但如果父亲不介意，做儿子的也就随其心愿了。

十一点左右，青姨和秋菊来到了武老师家。武老师的家在城西的教育局家属院内。

此时，武老师已经在楼下迎候青姨了。武老师推门将二人迎进了家。坐在沙发上的青姨仔细打量着这个简朴但很有书香气息的房间。武老师家两室一厅，大约一百平方米，墙面很白。电视柜上方悬挂着四条屏书法，是苏轼的《念奴娇·赤壁怀古》。书法写得苍劲有力，一笔一画拙见功底。一套三人沙发上方悬挂着一幅牡丹图，画上的牡丹色泽艳丽，给人以雍容华贵之感。木质茶几上摆放着一盘瓜子和一盘水果，看来武老师是精心准备过的。武老师一边端茶倒水，一边说："我工作忙，家里也没人收拾，有点儿乱，请别见笑。"

"够干净了，一看武老师就是有品位的人。"青姨夸奖着武老师。

三个人正聊着，突然，门"咚咚咚"响了几声，武老师赶忙开门，儿子一家三口出现在门口。

武老师赶忙说："快进来，建伟。你阿姨都来一会儿了，你们怎么才来。"

建伟进门朝青姨点点头说："阿姨好！不好意思，公司临时有点儿事处理了一下。快，冰冰，叫奶奶好！"

冰冰怯怯地看着青姨，小声说："奶奶好！"

青姨说："好可爱的孩子。冰冰，今年几岁了？"

"四岁了。"冰冰乖乖地回答。

青姨从兜里掏出一百元现金说："也没给孩子买礼物，给孩子一个见面礼。"孩子躲避着不接，青姨硬是把钱塞到了孩子的手里。

孩子看看爸爸妈妈，得到许可后说："谢谢奶奶。"

武老师正要介绍秋菊，不料两个人竟然异口同声道："啊！武建伟，是你啊！""秋菊，怎么是你啊！"

继而两个人哈哈大笑起来。

建伟忙给众人解释说："我和秋菊是大学同学，好几年没见面了,今天竟然在家里见了面,真是无巧不成书呀!看来,我们有缘分。"

老同学意外相逢,一下子缓和了初次见面的尴尬,继而建伟把媳妇介绍给了秋菊。建伟的媳妇很漂亮,穿着很朴素,给人以落落大方之感。她热情地伸出手,和秋菊一边握手一边彬彬有礼、细声软语地说:"很高兴认识您,欢迎来家做客。"

两家人终于坐下。四岁的冰冰依在爷爷怀里,与爷爷很亲的样子。大家一边喝茶一边聊天。武老师抬起手腕一看表,十一点半了,忙说:"大姐,家里也没准备饭,我们就到外边吃个便饭吧!"

青姨礼貌地说:"不了,我们还是回家去吃吧,免得打扰大家。"

建伟忙说:"阿姨别客气,酒店已经定好了,请大家吃个便餐。"说完,用恳切的目光看着秋菊。

面对建伟的真诚邀请,秋菊不好推辞,便对母亲说:"妈,既然建伟他们已经准备了饭,那我们就客随主便吧。"

一行人来到酒店。这也是一个很上档次的酒店,装修得很新潮。一到门口,迎宾就彬彬有礼地说:"欢迎您的光临。"随即在前面带路,"蹬蹬蹬"上了二楼一个叫蜡梅的包间。包间里凉菜已经摆好,桌子中间放了一瓶剑南春,看来这是贵宾式的招待。一壶黄艳艳的碧螺春已经泡好,服务员给每位就座的客人添茶倒水,随后又给每位客人倒好酒。

武老师起身，端起酒杯说："今天，感谢大姐一家能来做客，希望大家不要拘谨，吃好、喝好！为了表示诚意，我先干为敬。"说完，一仰脖子一饮而尽。

　　建伟忙说："大家先吃口菜，垫个底再喝酒，免得伤胃。"说完招待大家吃饭。从建伟的言谈举止中就可以看出武老师他们家的家教很好。

　　吃了几口菜，建伟双手端起酒杯，来到青姨面前说："阿姨，您是长辈，我敬您一杯。欢迎阿姨常到家里做客。这杯酒，您意思一下，我干了。"说完先干为敬。

　　随后，建伟又端起酒杯走到秋菊面前说："老同学，没有想到我们以这样的方式见面，真是有缘分。这杯酒，敬老同学前程似锦。"秋菊忙端起酒杯说："老同学，早听同学们说你的公司开得红红火火的，祝贺你。"说完两个人一饮而尽。

　　大家一边吃，一边聊。武老师喝的有点儿多，晕晕乎乎的。这时，建伟的大哥大响了，一接听，秘书的声音传来："武总，有个客人要见您，需要您马上来公司一趟。"

　　"好的，你先招待好客人，我马上就到。"

　　建伟端起酒杯说："阿姨，我公司有事，先失陪了。"说完喝下一杯酒。

　　"快去吧！工作是第一位的。"青姨催促着。

　　建伟对妻子说："我先送你和孩子回家，再去公司。"

　　"你们回去吧！好不容易过个周末，家里还有好多事情要做。"

妻子起身，很有礼貌地道别后，去吧台结了账，和建伟一起离开了酒店。

只剩下武老师、青姨和秋菊三个人了，显然有点儿尴尬。

"妈，你们俩今天也没啥事，就多聊一会儿，我也得去忙工作了，还有些文件需要我起草。"

武老师说："好，你先去忙，我和你妈妈再聊会儿，我会把她送回去的。"

秋菊拿起包，也离开了酒店。包房里就剩下青姨和武老师两个人，这虽已不是两个人第一次独处，但显然，他们还是有点儿不好意思。

还是武老师打破了僵局，端起酒杯说："大姐，孩子们都走了，这一杯酒，我敬你，希望我们早日……"武老师留下半截话没有说出口，只是期待青姨接下句。

青姨忙端起酒杯说："谢谢，我也希望我们早日完婚，好让孩子们别为我们操心。"

"那大姐你看定在什么时候合适呢？"武老师迫不及待地问。

"既然我们俩都没啥意见，那有些细节我必须要说一下，免得结婚后节外生枝，影响两个人的关系。"青姨也不避讳，单刀直入。

"那是，那是。大姐有什么要求直接说，现在就咱俩，没啥不能说的。"武老师说。

"那我说了，你可要想好呀。第一，如果你没意见，我们结婚以后，每月你工资的百分之四十交给我，作为咱们共同的生活费，还有看病、给孙子们的压岁钱、接济儿女什么的，其余的钱你自己随便花，你同意吗？"

"可以！我只有一个孩子，而且发展得很好，不需要我的钱。"

"你知道我为什么说这些吗？因为好多二婚的都各自考虑自己的孩子。所以我是先小人后君子，其实现在一斤肉十几元钱，一袋面几十块钱，我一个月也有几千元的退休金，我自己花不完。我的子女们工作也都干得不错，你应该清楚，他们不需要我的钱，我也不用她们管，只是互相照应照应。"

"我理解你大姐，我还没退休。每月有五六千元的工资，儿子独立生活了，我有一百平方米的房子，你也有一百五十平方米的县委小院，看是你搬过来住，还是我搬过去住？"

"如果你对以上我提的都没意见，就写成个书面的东西，让两边的子女都看一下，大家都没意见了再说后面的事。"

"可以，我回去就写。"

"不要那么急，你可以考虑几天再写，写好了给我打电话。"

"好啦，今天就到这里，我回去还有事。"青姨说完，开门要离开。

武老师说："大姐，时间还早，我们再聊聊好吗？"

青姨一看武老师真诚的目光，心软了，又坐回原位。

两个人一边吃一边聊，是一幅很温暖的画面。

半个月后他们签了协议，办了结婚手续。

结婚后，不管是青姨还是武老师都感觉很幸福，各自欣喜遇到了知音。青姨很勤快，不论烧菜做饭、打扫卫生还是生活习惯，都很好。每天天一亮，青姨就起来给准备上班的武老师做好早餐。武老师衣服脱下不用招呼，青姨就给他洗得干干净净，熨得平平展展，将该换的衣服早早地放在床头。每天三餐不但讲究色香味，还讲究营养搭配。特别是每隔两三天青姨就催他洗一回澡，洗澡时还主动为他搓背、按摩，就像是他的卫生员与营养师。

有了青姨的照顾，武老师的精神越来越好。除了上班，他和青姨每天谈天说地，引经据典地讲古今。青姨给他讲自己坎坷的人生，两个人都有点儿相见恨晚的感觉。

再说老五引弟都二十七八了还没有对象，她的婚姻大事成了姊妹们和青姨心中的头等大事。这个姑娘长得不错，高挑而丰满，走路如风，静坐如钟。

事到着急时自有出奇处，不久引弟出了一趟差，还找到了如意郎君。

这年春天，当玫瑰花吐艳的时候，引弟奉命到南京出差，从关中到南京坐上卧铺需要十多个小时。引弟虽然穿的是休闲服，但还是军人风格，背个背包就出发了。当火车跑出了关中，跑过了开封时，她已经感到累了，就早早爬上了上铺一边看书一边休息。在这个小小的只有六张铺的小隔间里，她从大家的闲谈中知道了这边下铺和中铺是一对中年夫妇，准备到南京看儿子。对面的上铺是个三十岁左右的小伙子，也是西安人，也是到南京出差。对面中铺和下铺是一对二十岁出头的恋人，从那个女孩不一会儿就搂一下那个小伙的状态看，她感觉他们是新婚夫妇去度蜜月。和自己相对的上铺的那个小伙，个子可能有一米八左右，浓眉大眼，四方脸，魁梧结实，此时也和她一样躺在铺上看书。她隐隐地感觉到那人也在悄悄地打量着她，一双眼睛瞅着自己，她不好意思地转过身去。

突然，只觉得有人碰了她一下，她一看原来是那个小伙用手指弹了弹她的背。她转过来问道："你干什么？"

"敢问这位女士，也是到南京出差吗？"

她点了点头。

"你是干什么工作的，第一次去南京吗？"

"我是政府机关的，第一次到这里。"

"你不怕一个人在这边玩儿丢了，被人卖了去？"

"不会吧，南京也是个文明古都呢。"

正在这时，车厢在一瞬间向南倾倒，引弟赶紧抓住床上的拉手，但身子一下滚到了床边上，那个男的则滚到了那边隔墙。她下边的中铺、下铺四个人都滚了下去。她赶快拉了一下那个男子："赶快逃命，火车出问题了。"说时迟，那时快，引弟和那个男子飞快地跳下了床。向着车门逃去，可是过道上人挤人，谁也过不去，而且火车虽然已经倾斜,但还在走着。

　　这时候,那个男子显出了机智和果断,他将自己的背包交给引弟,挥动拳头砸玻璃。经过他的几下猛砸,玻璃窗破了一个可以过去一个人的窟窿。那个男子首先抱起了引弟,将她扔了出去,紧接着自己也爬了出去。

　　引弟在伸手不见五指的黑夜被扔在了一摊稀泥里,好在是屁股先落地,但是头碰在了一个土包上,只听"咚"的一声,竟摔得昏迷过去……

　　第二天,她醒来时发现自己躺在徐州的医院里,不久她听说昨天发生的列车脱轨事故死了三十多人,伤了一百多人,她是其中伤势最轻的,只是有点儿轻微脑震荡,休息一下就没事了。这时候她想起了那个男子,他是她的救命恩人呀。找了几个病房,她终于找到了他,他也没太大的事,也是轻微脑震荡。

　　他看见她,一下子将她抱起来举起很高说:"嗨,哥们,我们成了生死之交了。你叫什么我还不知道呢。"

　　引弟双脚乱蹬,说:"快放我下来,这么多人看着呢。"

　　那男子放下了她说:"噢,还没有自我介绍呢,我叫雷刚,二十八岁,西安军事学院毕业,当过兵,未婚,来这里买东西。"

　　"我叫引弟,西安郊区政府工作,比你小一岁,也当过兵,也是……"

　　"未婚吧!"

　　"你怎么知道?"

"直觉。"

……

就在引弟和雷刚共同在徐州养病的那段日子里，他们共同见证了这次事故的理赔过程，原来和他们在一个车厢的那四个人都没了。

也是在这段时间里，引弟看到了雷刚那敢打敢冲、实事求是、不屈不挠的性格。通过仔细了解，她知道他原是西部军区某野战军侦查连的，曾在部队干过八年，后来调到西安的一所军校，几乎有着和自己一样的经历。引弟也给他讲了自己的经历。两个人互生情愫。

第十五章

　　冬梅和特拉在英国开始了他们的生活。冬梅出国前回家的那段时间，特拉在征得父母的同意后，与冬梅在中国办理了结婚手续。冬梅和他成婚十天后就到英国去留学了，住在了特拉的家里。

　　实际上国家对公派出国留学生的待遇很好，冬梅自己的生活完全不成问题。但在特拉的家里，冬梅感受到了家庭的温暖。特拉的父母是以色列人，曾在二战期间到过中国上海，受过中国人的资助。二战结束后特拉的父亲老特拉到了英国，因为他在生物学方面很有造诣，被冬梅就读的大学聘为终身教授，在这里工作了几十年。

　　老特拉对中国有一段特殊的感情，那是1940年，德国军队入侵欧洲各国，当时老特拉的父母在法国的一个古镇上开了一家饭馆，生意很好。十七八岁的老特拉刚考上大学。可是德国兵来了，他们家的饭馆被封了，父母被抓进了集中营，被毒气毒死了。老特拉也失学了。他的叔叔带着他逃到了中国上海，在上海他上了复旦大学。老特拉虽然是以色列人，但是他在中国读大学时，从两位中国学者那里学到了知识，也学会了做人，再加上他的叔叔、婶婶、堂弟妹还住在上海，在他的心里，他认为自己也是个中国人，这就是老特拉的中国情结。

老特拉将中国视为第二故乡，所以当冬梅以中国公派留学生和自己儿媳的身份到英国留学时，老特拉将冬梅当作自己的女儿，将自己所掌握的知识毫无保留地教给冬梅，包括他正在研究的最新课题。最后，他还安排冬梅和他一起搞了两项研究，都是属于学科内的前沿技术。当冬梅以疑惑的眼神看着他时，满是花白头发的老特拉点着头说："孩子，你不用怀疑，你不要以为我这样对你是因为你是我的儿媳。你别忘了，我也是个中国人，我的知识是在中国学到的，我到这里也是我的中国恩师刘教授安排的。中国是我的第二故乡，中国人救过我的命，给了我知识，我爱中国！"

冬梅听后感动得流下了眼泪，说："I love you, my farther……"

时光如水，日月长流，中国的大地还是一片鲜花，神州的山水处处充满生机，青姨已进入古稀之年。

在这年的春天，七十五岁的青姨向子女们以及武老师提出了要到云南烈士陵园去祭奠林峰的要求。

她说:"我虽然一辈子坎坎坷坷,风风雨雨很不容易,但毕竟是早已活过了花甲,走到了古稀之年。我现在还能走动,身体康健。剩下的六个子女有在国家科学院当研究员的(冬梅已经学成归来,在国家科学院做研究员。特拉也同她在一起。她们已经有了个可爱的小姑娘),有在市里当局长的(夏莲已升为市教育局局长),有在县城成了知名企业家的(尽管郑雪峰曾经玩股票着了迷,被套了二十多万,但是秋菊经营的杏林居一直在县城发展得很好),有在为国家安全尽力的大校(林瑜),有在基层做具体工作的(引弟在镇政府当书记)。你们都过得很好,但是你们不能忘了你们的胞弟林峰,他还独自躺在云南的边境线上。他也是我身上掉下来的肉,他为国尽了忠,我想念他呀。现在趁我还能走动,你们陪我去看看他。"

听到青姨说的这些话,几个姊妹和武老师都流下了热泪。不在身边的冬梅两口子和林瑜夫妇知道这件事后,也都来了电话约好时间,在云南林峰墓前集合。林瑜两口子准备搭飞机过去,他们要带上摄像机录下这段珍贵的视频。冬梅两口子说:"从北京到云南有高速公路,我们自己开车过去。"夏莲说:"我写篇祭文吧。"

这一年清明节,他们从各自的城市来到了云南某烈士公墓。在林峰的墓前,十个人先鞠躬、祭拜、奠酒,然后由夏莲当着青山、溪流和太阳念起祭文:

维

岁在庚午之年，序在孟春之月，春兰、夏莲、秋菊、冬梅、引弟、林瑜携母亲、叔叔、儿媳一行十人来此地——林峰墓前，祭奠弟弟。望弟弟在天英灵，安歇天间。

想弟弟一十八岁从戎前线，保卫和平，冲锋若猛虎下山，攻击似龙跃深潭，忠心矢志，为的江山。枪弹无情，献身边关，青春生命，就此决断。

惜弟一生，岁月苦短；然弟精神，光照人间。为家族争光，千秋永念，为国家尽忠，重于泰山。

诸子妹及其家属暨母亲叔叔共祭。

呜呼，哀哉

觞飨

青姨趴在林峰墓前大哭一场，她的哭声引得众人也哭成了泪人。

只有林瑜远远地站着，他看着趴在哥哥墓前的姐姐、姐夫们，心里想着哥哥的样子，也回忆着母亲的一生……

母亲先是一个农妇，后是普通干部，是一个平平凡凡的女人，但也很伟大。她一生经历了这么多的苦难，但仍顽强拼搏。她的一生就像这山上的青松一样，虽然是满身的伤疤，但还是那样的笔直，昂着头永远向前。

山上松涛滚滚，脚下青溪潺潺，眼前墓碑排排，历史就是这样，像太阳一样年复一年，月复一月，日复一日，东升西落，岁月就这样永远不息地滚滚流逝。人们一代代地来到这地球上，出生、成长，青年、壮年、老年。有的人一生碌碌无为，有的人活得轰轰烈烈。父亲、林峰、文林叔，他的生命里的亲人走了不少，可是母亲、武叔叔，姐姐、姐夫们还活在这个世上，经历着每一个日出日落，演绎着人类的历史，这就是永远不息的人类社会，就是无限精彩的人世间……

我写《青姨》

《青姨》这部作品在大家的帮助下，经过出版社的审校出版了，也实现了我的愿望。在这里，我这个长安樊川人，也谈一下这部书的创作过程。

青姨这个名字，是从我老家邻居的名字上想出来的。那个女人的名字与青字有关。她是我舅家村里的姑娘，由我奶奶和母亲说媒嫁过来，所以我叫她姨。于是，就有了"青姨"这个书名。而其中的内容则与她家无关，而是我所在村里某些人家的故事，也有周围村里许多人家的故事集。当然，青姨的几个女儿的婚姻生活，也透视着现代社会的变迁，反映了改革开放几十年来农村的经济发展和社会变化。

2010年前后，这部小说创作出来，一直存放在我的电脑里，偶尔也改过几次，但一直没有发表。到了2018年前后，通过网易博客，我认识了甘肃华亭市的毕琴女士，她也是个业余作家，还给我寄了本她写的散文集《关山琴韵》。由此，我萌生了将《青姨》出版的想法。

毕琴这个比我小十岁的年轻人，工作很认真。她将我的书稿仔细看了好几遍，逐字逐句改了数天，甚至对一些章节做了较大幅度的改动，使作品更加丰满、立体。在此我向毕琴女士对《青姨》的贡献表示敬意和感谢。

在《青姨》即将出版发行之际，我向为本书提供过帮助、做出过贡献的诸位文朋诗友致以崇高的敬意，谢谢大家的帮助，让我的作品终于有了归属地。

2021 年 8 月 18 日完稿于西安